U0051624

Salut

初學者**開口**
說法語

王圓圓・DT企劃 著

◆法式情境襯樂◆
法中對照音檔
QR Code

Merci

Je t'aime

笛藤出版

前言

　　《初學者開口說法語》全書共分成六大章節，以循序漸進的方式引導讀者學習。第 1～2 章介紹字母及基本發音規則，第 3～4 章介紹會話與單字，及如何實際與法國人溝通，並搭配「單字充電站」單元，幫助初學者迅速增加詞彙量，提升口語能力；第 5～6 章介紹到法國旅遊的例句會話，及法國旅遊的相關景點與知識補充，並附上法國主要城市的地鐵圖、各省名稱及主要知名景點、名店等。

　　本書不僅僅是一本生活會話書，也是一本實用的單字記憶書，對初學者來說無疑是一本全功能的法語入門學習書。活用本書，相信一定可以達到意想不到的學習效果。

· 《六大單元，從基礎到進階》以循序漸進的方式，教您用最基本的法語句子表達想法、和法國人溝通，甚至是出國旅遊都能暢行無阻。

· 《1200 字彙‧2000 例句》上千個單字例句搭配會話，一次滿足所有讀者的學習慾望！

· 《法、中區隔‧音標輔助》法、中區隔並標注音標，幫助您輕鬆發音開口說法語！

· 《框格式單字排版》本書採簡單明瞭的框格式單字記憶法，讓讀者學習法語更上手，法語單字力 UP!。

· 《法國地鐵路線圖、城市名》除了方便旅遊的地鐵路線圖外，也整理出百大名城及各地重要景點、節慶。

· 《法國各地知名店名》本書特別列出法國各地旅遊景點，及大家耳熟能詳的店名一覽，幫助您在遊法過程中更加得心應手。

· 《搭配 MP3，法語聽說應對超流暢》法中對照朗讀 MP3，由法
　籍老師錄製，襯以法式情境配樂，學習聽說零壓力！

♪ 法中對照音檔請掃QR Code或至下方連結下載：

https://bit.ly/DTBonjour25K

★請注意英數字母＆大小寫區別★

■ 法語發聲｜Jean-Michel FAIVRE
■ 中文發聲｜ 謝佼娟
© DEE TEN PUBLISHING

目　錄

Partie 1
字母入門通
法語字母表　012

Partie 2
音標入門通
發音規則　014

Partie 3
會話即時通
打招呼　020
日常見面　020
日常道別　021
初次見面　021
拜訪別人　022
告別語　024
告別　024
拜訪結束　024
抒發感想　026
離開前，拜託別人
轉達問候　027

約定下次再見　027
探訪完病人　028
親朋好友即將遠行　029
祝賀語　029
感謝・道歉　031
日常感謝語　031
常用感謝句　033
道歉與回應　034
請求幫助・拜託別人　037
麻煩別人　037
請別人稍等　038
緊急情況用語　039
問路　039
回答　041
肯定的回答　041
否定的回答　042
語言不通　044
聽不懂法語時　044
告訴對方自己不會法語　045
婉拒　045
自我介紹　046

詢問　050

詢問語言　050

詢問地點　051

詢問人　051

詢問原因‧理由　051

要求對方允許　053

Partie 4
單字入門通

主要代詞及形容詞　056

主語人稱代詞　056

泛指主語人稱代詞　056

重讀人稱代詞　056

指示代名詞　057

指示形容詞　057

所有格形容詞　058

所有格代名詞　058

家庭成員　059

形容詞　060

反義詞　060

味覺　061

形狀　061

數字　062

時間　064

月份　064

日期　066

星期　068

整點　069

分與秒　071

小時　072

其他時間的說法　073

季節‧假日　076

季節　076

國定假日　076

方位　078

位置副詞　078

方向　078

顏色　079

序數　080

星座　083

數量詞　084

次數　084

金錢　084

樓層　085

分數　085

食物常用量詞　086

重量單位　086

體積單位　086

年齡　087

Partie 5
旅遊法語通

旅館　090

尋找旅館　090

預約／詢問　090

登記入住　093

飯店服務　095

有問題時　097

結帳／退房　098

　單字充電站　099

銀行　101

尋找／詢問　101

在櫃檯─客人要求　101

在櫃檯─行員的指示　102

使用提款機領錢時　102

兌換─客人要求　103

兌換─行員的指示　104

匯款　104

其他　105

　單字充電站　106

餐廳　107

尋找餐廳　107

電話預約　108

進入餐廳　109

點餐　109

傳統法國套餐　111

詢問菜色　112

結帳　112

　單字充電站　113

商店／逛街　133

尋找商店　133

顧客與店員的對話　133

主要說明文字　135

尋找商品　136

詢問店員　136

瀏覽商品　137

缺貨　138

預訂　138

取貨　139

商品與預定的有出入　139

詢問價格　140

做決定　141

付款　142

找錯錢　143

投訴　144

　單字充電站　145

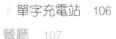

電器用品　154
交通　166
火車　166
在火車站內　166
詢問如何買票　166
買票　167
上車前　169
詢問如何換車　169
在列車上　170
有問題時　170
飛機　171
服務台詢問　171
預約／改簽　171
詢問航班資訊　172
辦理登機手續　172
登機　174
在機艙裡　174
乘機要求　174
行李　177
搭地鐵　178
買票　178
詢問目的地　179
列車廣播　180
公車　181
搭車前　181
在公車上　181
計程車　182

電話叫車　182
說明目的地　182
和司機對話　183
到達目的地　184
租車　185
租借時　185
加油站　186
故障時　186
開車　186
租借腳踏車　187
單字充電站　188
娛樂　194
購票　194
在博物館　194
在劇院　195
馬戲團與雜技團　196
音樂與舞蹈　196
看電視　197
看電影　198
在體育俱樂部　199
單字充電站　200
旅遊　203
在旅行社　203
旅遊時　204
單字充電站　205
打電話　211
借電話　211

買電話卡 211
尋找電話亭 212
詢問電話資訊 212
自動語音提示 212
電話無人接聽 213
語音信箱 213
電話接通時 214
打錯電話 215
請某人接電話 216
詢問對方身份 217
幫忙轉接電話 217
要找的人不在時 218
說明來電目的 220
通話出現問題 220
掛斷電話 221
國際電話 221
　單字充電站 222
郵局 223
尋找 223
在郵局 223
詢問運費 224
快遞／掛號 225
包裹 225
　單字充電站 226
學習 227
語言 227
語言中心 229

其他 230
　單字充電站 231
租房子 232
尋找住處 232
在大學城 232
租房設備 233
周邊環境 234
租金 234
合約 235
單字充電站 236
美髮 238
剪頭髮 238
　單字充電站 242
遇到問題時 244
尋求幫助 244
遺失物品 245
交通事故 246
遭竊 247
小孩走失 248
　單字充電站 248
生病時 250
尋求幫助 250
掛號 250
自訴症狀 251
與醫生對話 252
別人生病時 253
受傷 253

服藥 254

　單字充電站 255

電腦用語 264

喜怒哀樂 268

喜 268

怒 269

哀 270

樂 272

戀愛了 273

喜歡／單戀 273

告白 273

談論魅力 274

談論兩個人之間的關係 274

介紹自己的伴侶 275

邀約 275

校園生活 276

社團活動 278

天氣 281

談論天氣 281

　單字充電站 282

人生百態 283

談論某人 283

　單字充電站 284

Partie 6
法國便利通

主要城市地鐵路線圖 290

走訪法國各地旅遊景點 296

巴黎旅遊景點 296

外省主要旅遊城市、景點與

節日 298

巴黎名店瀏覽 301

百貨公司／購物中心 301

連鎖書店 302

飯店／連鎖速食店 303

咖啡品牌 303

超市／麵包店 303

法國行政區 305

大區 306

海外大區／省 307

法國省份 309

法國百大城市 319

viva
la France!

Partie 1

字母入門通

準備好開始說法語了嗎？
先從 ABC 入門，打好基礎學法語！

 字母 L'alphabet

字母					
大寫	小寫	發音	大寫	小寫	發音
A	a	a	N	n	ɛn
B	b	be	O	o	o
C	c	se	P	p	pe
D	d	de	Q	q	ky
E	e	ə	R	r	ɛr
F	f	ɛf	S	s	ɛs
G	g	ʒe	T	t	te
H	h	aʃ	U	u	y
I	i	i	V	v	ve
J	j	ʒi	W	w	dubləve
K	k	ka	X	x	iks
L	l	ɛl	Y	y	igrɛk
M	m	ɛm	Z	z	zɛd

Partie 2

音標入門通

法語發音從零開始教學，
說好這個悅耳、優雅的語言，
比想像中的還容易！

發音規則 La phonétique

字母及字母組合	音標	舉例	特別注意
a	[a]	avoir	
à	[a]	là	
â	[ɑ]	pâle	
ai	[e]	mais	
aî	[ɛ]	naître	
-ail	[aj]	travail	字尾
-aille	[aj]	Versailles	
aim, ain	[ɛ̃]	sain	後面沒有母音或 m、n
am, an	[ɑ̃]	lampe	後面沒有母音或 m、n
au	[ɔ]/[o]	journaux	
b	[b]	barbe	
c	[k]	carte	a、o、u、子音之前；字尾
c	[s]	difficile	在 e、i、y 前
ç	[s]	ça	
ch	[ʃ]	Chine	
d	[d]	date	
e	[ə]	de	在單音節詞或字首開音節中
e	[e]	voter	字尾的 ez、er
e	[e]	les	在有-es 的單音節詞中
e	[ɛ]	elle	在兩個相同的子音字前或閉音節中

字母及字母組合	音標	舉例	特別注意
é	[e]	été	
è	[ɛ]	mère	
ê	[ɛ]	être	
ë	[ɛ]	Noël	e 單獨發音
eau	[o]	château	
ei	[ɛ]	Seine	
ein	[ɛ̃]	sein	後面沒有母音或 m、n
em, en	[ɑ̃]	lent	後面沒有母音或 m、n
eu	[œ]	seul	
eu	[ø]	fameux	在字尾開音節中或在[z]前
f	[f]	fête	
g	[g]	gare	在 a、o、u 前或子音前
g	[ʒ]	gymnase	在 e、i、y 前
gn	[ɲ]	champagne	
h	不發音	habiter	
i	[i]	dire	
i	[j]	piano	在母音前
ien	[jɛ̃]	bien	在字尾
il	[j]	soleil	在母音後並在字尾
ill	[ij]	fille	在子音後
in, im	[ɛ̃]	important	後面沒有母音或 m、n

字母及字母組合	音標	舉例	特別注意
j	[ʒ]	jardin	
k	[k]	kiwi	
l	[l]	langue	
m	[m]	mère	
n	[n]	nature	
o	[ɔ]	homme	
o	[o]	rose	在字尾開音節中或在[z]音前
ô	[o]	tôt	
œu	[œ]	cœur	
œu	[ø]	nœud	在字尾開音節中或在[z]音前
oi	[wa]	soie	
oin	[wɛ̃]	loin	
om, on	[ɔ̃]	ombre	後面沒有母音或 m、n
ou	[u]	lourd	
ou	[w]	louer	在母音前
p	[p]	papa	
ph	[f]	photo	
qu	[k]	quatre	
r	[r]	rare	
s	[s]	sale	
s	[z]	musique	兩個母音字之間

字母及字母組合	音標	舉例	特別注意
t	[t]	tête	
tion	[sjɔ̃]	station	在字尾
u	[y]	dur	
u	[ɥ]	huit	在母音前
un, um	[œ̃]	parfum	後面沒有母音或 m、n
v	[v]	vivre	
x	[ks]	taxi	
x	[gz]	exister	在字首 ex、inex 中，後面接母音
y	[i]	lys	
y	y = i + i	crayon	在兩個母音之間
ym, yn	[ɛ̃]	sympathique	後面沒有母音或 m、n
z	[z]	zéro	

Partie 3
會話即時通

學好這些簡單、基礎的會話，
開口說出標準的法語，
各個情境下都不再害怕！

Bonjour.

打招呼

 日常見面

1. **Bonjour.**
   [bɔ̃ʒur]

   你好。／您好。（用於白天和第一次見面的問候語）

2. **Bonsoir.**
   [bɔ̃swar]

   你好。／您好。（用於晚上的問候語）

3. **Salut.**
   [saly]

   你好。／哈囉。（較口語的問候語）

會話

 Ça va?
[sa va]

你好嗎？

 Ça va très bien. Et toi?
[sa va trɛ bjɛ̃ e twa]

我很好。你呢？

 Ça va.
[sa va]

我很好。

☕ 日常道別

1. **Bonne journée.**
   [bɔn ʒurne]

2. **Bon après-midi.**
   [bɔ̃ naprɛmidi]

3. **Bonne soirée.**
   [bɔn sware]

4. **Bonne nuit.**
   [bɔn nɥi]

祝你（您）有愉快的一天。

祝你（您）有愉快的下午。

祝你（您）有愉快的夜晚。

晚安。（多用於睡前）

會話

 Bonne journée.
[bɔn ʒurne]

祝您有愉快的一天。

 Merci et à vous aussi.
[mɛrsi e a vu osi]

謝謝，也祝您有愉快的一天。

☕ 初次見面

1. **Je m'appelle Marie Blanc.**
   [ʒə mapɛl mari blɑ̃]

2. **Vous pouvez m'appeler Marie.**
   [vu puve mapəle mari]

我叫瑪麗・布朗。

您可以叫我瑪麗。

Bonjour. Je m'appelle Lin.
[bɔ̃ʒur ʒə mapɛl lin]

您好。我姓林。

 Bonjour. Enchanté.
[bɔ̃ʒur ɑ̃ʃɑ̃te]

您好。幸會。

 Enchanté.
[ɑ̃ʃɑ̃te]

幸會。

 拜訪別人

會話 1

 Excusez-moi. Puis-je entrer?
[ɛkskyzemwa pɥiʒə ɑ̃tre]

不好意思。我可以進去嗎？

 Entrez, s'il vous plaît.
[ɑ̃tre sil vu plɛ]

請進。

會話 2

 Asseyez-vous, s'il vous plaît.
[asejevu sil vu plɛ]

請坐。

 Merci.
[mɛrsi]

謝謝。

會話 3

 Vous voulez boire quelque chose?
[vu vule bwar kɛlkə ʃoz]

要喝點什麼嗎？

 Non, merci.
[nɔ̃ mɛrsi]

不用了，謝謝。

告別語

 告別

1.	**Au revoir.** [or(ə)vwar]	再見。
2.	**Salut.** [saly]	再見。／你好。
3.	**À tout à l'heure.** [a tu ta lœr]	待會見。

 Au revoir.
[or(ə)vwar]

再見。

 Au revoir et bonne journée.
[or(ə)vwar e bɔn ʒurne]

再見，祝您有愉快的
一天。

 拜訪結束

1. **Excusez-moi de vous avoir
dérangé.**
[ɛkskyzemwa də vu zavwar derãʒe]

抱歉，打擾了。

2. Je vous laisse.

[ʒə vu lɛs]

我先走了。

會話 1

 Je dois partir.

[ʒə dwa partir]

我該走了。

 Bon, je ne vous retiens pas.

[bɔ̃ ʒə nə vu rətjɛ̃ pa]

好吧，我就不留您了。

會話 2

 Je vais être obligé de vous quitter.

[ʒə vɛ ɛtr ɔbliʒe də vu kite]

我不得不離開了。

 J'ai un rendez-vous.

[ʒɛ œ̃ rɑ̃devu]

我還有約。

 J'espère vous revoir bientôt.

[ʒɛspɛr vu rəvwar bjɛ̃to]

希望很快能再見到您。

Merci beaucoup pour votre accueil.

[mɛrsi boku pur vɔtr akœj]

非常感謝您的招待。

 C'est un plaisir pour moi de vous accueillir.

[sɛ tœ̃ plɛzir pur mwa də vu zakœjir]

很高興招待您。

 抒發感想

 Nous sommes très contents d'avoir passé une soirée agréable.

[nu sɔm trɛ kɔ̃tɑ̃ davwar pase yn sware agreabl]

我們很高興度過了一個愉快的夜晚。

 Merci beaucoup.

[mɛrsi boku]

非常謝謝。

 Je vous en prie.

[ʒə vu zɑ̃ pri]

這是應該的。

 Ça nous a fait très plaisir.

[sa nu a fɛ trɛ plɛzir]

我們感到非常高興。

離開前，拜託別人轉達問候

會話 1

 Au revoir. Mes respects à votre mère.
[or(ə)vwar me rɛspɛ a vɔtr mɛr]

再見。替我向您的母親問好。

 Merci, à un de ces jours.
[mɛrsi a œ̃ də se ʒur]

謝謝，改天見。

會話 2

 Passez le bonjour à votre épouse de ma part.
[pase lə bɔ̃ʒur a vɔtr epuz də ma par]

替我向您的夫人問好。

 Merci. Je n'y manquerai pas.
[mɛrsi ʒə ni mɑ̃kərɛ pa]

謝謝，我一定會轉達。

 ## 約定下次再見

1. À demain.
   [a dəmɛ̃]

   明天見。

2. À la semaine prochaine.
   [a la səmɛn prɔʃɛn]

   下禮拜見。

Quand est-ce que nous nous reverrons?

[kɑ̃ ɛskə nu nu rəvərɔ̃]

下次何時見面呢？

 Mardi prochain, ça vous arrange?

[mardi prɔʃɛ̃ sa vu arɑ̃ʒ]

下禮拜二可以嗎？

 Parfait.

[parfɛ]

沒問題。

 À mardi prochain alors!

[a mardi prɔʃɛ̃ alɔr]

那就下禮拜二見！

 探訪完病人

1. Bon rétablissement et soignez-vous bien.

   [bɔ̃ retablismɑ̃ e swaɲe vu bjɛ̃]

   早日康復，保重身體。

2. Je vous souhaite un prompt rétablissement.

   [ʒə vu swɛt œ̃ prɔ̃ retablismɑ̃]

   祝您早日康復。（書面語）

3. Bonne guérison.

   [bɔn gerizɔ̃]

   早日康復。

親朋好友即將遠行

1. Prenez soin de vous.
   [prəne swɛ̃ də vu]

   保重。

2. Bon voyage.
   [bɔ̃ vwajaʒ]

   旅途順利。

3. Bonne route.
   [bɔn rut]

   一路順風。

Félicitations!

◀)) 005

祝賀語

1. Félicitations!
   [felisitasjɔ̃]

   恭喜！

2. Je te / vous félicite.
   [ʒə tə / vu felisit]

   恭喜你／您！

3. Bravo!
   [bravo]

   真棒！

4. Bonne fête!
   [bɔn fɛt]

   假期愉快！

5. Joyeux anniversaire!
   [ʒwajø anivɛrsɛr]

   生日快樂！

6. Bonne année!
   [bɔnane]

   新年快樂！

7. Joyeux Noël!　　　　　　　　　　　　聖誕快樂！

[ʒwajø nɔɛl]

8. Soyez le bienvenu / la bienvenue!　　歡迎！

[swaje lə bjɛ̃vny / la bjɛ̃vny]

9. Bonne fête des Pères !　　　　　　　父親節快樂！

[bɔn fɛt de pɛr]

10. Bonne fête des Mères!　　　　　　　母親節快樂！

[bɔn fɛt de mɛr]

會話 1

 Bonne année!　　　　　　　　新年快樂！

[bɔnane]

 Je vous souhaite beaucoup de bonheur et de réussite pour cette nouvelle année!　　　祝您新年萬事如意！

[ʒə vu swɛt boku də bɔnœr e də reysit pur sɛt nuvɛl ane]

 Merci beaucoup et bonne année!　　　　非常感謝，也祝您新年快樂！

[mɛrsi boku e bɔn ane]

J'ai une bonne nouvelle.
[ʒɛ yn bɔn nuvɛl]

我有一個好消息。

 Je vais me marier.
[ʒə vɛ mə marje]

我要結婚了。

 C'est vrai? Tous mes vœux de bonheur!
[sɛ vrɛ tu me vø də bɔnœr]

真的嗎？祝您幸福！

Merci!

◀)) 006

感謝・道歉

 日常感謝語

1. Merci.
   [mɛrsi]

   謝謝。

2. Merci beaucoup.
   [mɛrsi buko]

   非常謝謝。

3. Merci infiniment.
   [mɛrsi ɛ̃finimɑ̃]

   十分感謝。

4. Merci d'avance.

   [mɛrsi davɑ̃s]

   先謝謝了。

5. Merci mille fois.

   [mɛrsi mil fwa]

   萬分感謝。

會話 1

 Merci bien.

[mɛrsi bjɛ̃]

非常謝謝。

 De rien.

[də rjɛ̃]

沒什麼。

會話 2

 Merci pour tout.

[mɛrsi pur tu]

感謝您所做的一切。

 Je vous en prie.

[ʒə vu zɑ̃ pri]

不客氣。

C'est vraiment gentil de votre part.   您真是太好了。

[sɛ vrɛmɑ̃ ʒɑ̃ti də vɔtr par]

 Il n'y a pas de quoi.   這沒什麼。

[il ni ja pa də kwa]

☕ 常用感謝句

1. Merci d'être venu(e).   感謝您的光臨。

   [mɛrsi dɛtr vəny]

2. Merci de votre présence.   感謝您的出席。

   [mɛrsi də vɔtr prezɑ̃s]

3. Merci de votre conseil.   感謝您的建議。

   [mɛrsi də vɔtr kɔ̃sɛj]

4. Merci de votre compréhension.   感謝您的理解。

   [mɛrsi də vɔtr kɔ̃preɑ̃sjɔ̃]

5. Merci pour votre attention.   感謝您的關注。

   [mɛrsi pur vɔtr atɑ̃sjɔ̃]

道歉與回應

＊道歉＊

1. Pardon.
   [pardɔ̃]

   抱歉。

2. Je m'excuse.
   [ʒə mɛkskyz]

   請原諒我。／是我的錯。

3. Excusez-moi. / Excuse-moi.
   [ɛkskyzemwa / ɛkskyzmwa]

   對不起。

4. Je suis désolé(e).
   [ʒə sɥi dezɔle]

   對不起。

＊回應＊

1. Ce n'est pas grave.
   [sə nɛ pa grav]

   小事！

2. Ça ne fait rien.
   [sa nə fɛ rjɛ̃]

   沒關係。

3. Ce n'est rien.
   [sə nɛ rjɛ̃]

   沒什麼。

4. Ne vous en faites pas.
   [nə vu zɑ̃ fɛt pa]

   別擔心。

Oh pardon, madame! Excusez-moi!

[o pardɔ̃ madam ɛkskyzemwa]

噢，女士，抱歉！請原諒我！

 Je ne l'ai pas fait exprès!

[ʒə nə lɛ pa fɛ ɛksprɛ]

我不是故意的！

 Ce n'est rien, monsieur.

[sə nɛ rjɛ̃ məsjø]

沒關係。

 Je suis désolé(e) d'être en retard.

[ʒə sɥi dezɔle dɛtr ɑ̃ rətar]

對不起，我遲到了。

 Ce n'est pas grave.

[sə nɛ pa grav]

小事，別放在心上。

Excusez-moi de vous avoir fait attendre si longtemps.

[ɛkskyzemwa də vu zavwar fɛ atɛ̃dr si lõtã]

很抱歉，讓你們久等了。

 Ne vous en faites pas.

[nə vu zã fɛt pa]

沒關係。

 On vient juste d'arriver.

[õ vjɛ̃ ʒyst darive]

我們也是剛到。

🔊 007

請求幫助・拜託別人 ★★

 ☕ 麻煩別人

會話 1

 Est-ce que vous pouvez m'aider, s'il vous plaît?

[ɛskə vu puve mede sil vu plɛ]

可以請您幫我一個忙嗎？

 À votre service.

[a vɔtr sɛrvis]

很樂意為您服務。

會話 2

 Pardon, monsieur.

[pardɔ̃ məsjø]

對不起，先生。

 Pourriez-vous me donner un coup de main?

[purjevu mə dɔne œ̃ ku də mɛ̃]

可以請您幫幫我嗎？

 Bien sûr.

[bjɛ̃ syr]

當然可以。

Ça vous ennuierait de me rendre un petit service?

[sa vu zãnɥirɛ də mə rãdr œ pəti sɛrvis]

請你幫忙會造成麻煩嗎？

 Non, pas du tout.

[nɔ̃ pa dy tu]

不，一點也不麻煩。

☕ 請別人稍等

1. Un instant, s'il vous plaît.

   [œ̃ nɛ̃stã sil vu plɛ]

   請稍候。

2. Veuillez patienter, s'il vous plaît.

   [vøje pasjãte sil vu plɛ]

   請耐心等待。

3. J'arrive.

   [ʒariv]

   我馬上來。

4. Ne quittez pas.

   [nə kite pa]

   請不要掛斷電話（打電話時）。

☕ 緊急情況用語

1. **Au secours!**
   [o səkur]

   救命！

2. **Aidez-moi!**
   [ede mwa]

   幫幫我！

3. **Au voleur! Arrêtez-le!**
   [o vɔlœr arɛte lə]

   小偷！抓住他！

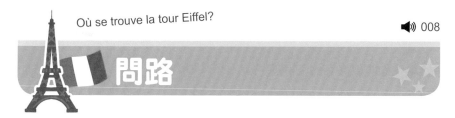

Où se trouve la tour Eiffel?

🔊 008

問路

1. **Pardon, madame.**
   [pardɔ̃ madam]

   抱歉，女士。

   Je cherche les Galeries Lafayette.
   [ʒə ʃɛrʃ le galri lafayɛt]

   我在找拉法葉百貨。

2. **Où est l'Arc de Triomphe?**
   [u ɛ lark də trijɔ̃f]

   凱旋門在哪裡？

3. **Où se trouve la tour Eiffel?**
   [u sə truv la tur ɛifɛl]

   艾菲爾鐵塔在哪裡？

4. **Où est-ce que je peux trouver un restaurant chinois?**
   [u ɛskə ʒə pø truve œ̃ rɛstɔrɑ̃ ʃinwa]

   哪裡可以找到中餐廳？

5. Pourriez-vous m'indiquer sur la carte où est Notre-Dame de Paris?

[purjevu mɛ̃dike syr la kart u ɛ nɔtr dam də pari]

您可以幫我在地圖上指出巴黎聖母院的位置嗎？

6. C'est loin d'ici?

[sɛ lwɛ̃ disi]

離這裡很遠嗎？

7. Où sommes-nous sur la carte?

[u sɔmnu syr la kart]

我們在地圖上的哪裡呢？

8. Combien de temps faut-il pour y aller à pied?

[kɔ̃bjɛ̃ də tɑ̃ fotil pur i ale a pje]

走路過去要多久呢？

9. Y a-t-il une station de métro près d'ici?

[jatil yn stasjɔ̃ də metro prɛ disi]

這附近有地鐵站嗎？

10. Quel chemin faut-il prendre?

[kɛl ʃəmɛ̃ fotil prɑ̃dr]

我應該走哪一條路呢？

11. C'est à gauche ou à droite?

[sɛ a goʃ u a drwat]

左邊還是右邊？

12. Nous sommes perdus.

[nu sɔm pɛrdy]

我們迷路了。

Pardon, monsieur.

[pardɔ̃ məsjø]

對不起,先生。

 Je cherche le Château de Versailles.

[ʒə ʃɛrʃ lə ʃato də vɛrsaj]

我在找凡爾賽宮。

 Prenez cette rue-là, et tournez à gauche au premier carrefour.

[prəne sɛt ry la e turne a goʃ o prəmje karfur]

走這條路,在第一個十字路口左轉。

 Merci beaucoup, monsieur.

[mɛrsi buko məsjø]

非常感謝,先生。

Bien sûr.

🔊 009

回答

☕ 肯定的回答

1. Oui.

[wi]

是的。(回答肯定問句)

2. Si.

[si]

是的。(回答否定問句)

3. D'accord.

[dakɔr]

好的。

4. C'est vrai.

[sɛ vrɛ]

沒錯。

5. Tout à fait. / Exactement.

[tu ta fɛ / ɛgzaktəmã]

千真萬確／很明顯。

6. Absolument.

[absɔlymã]

絕對是這樣。

7. Bien entendu. / Bien sûr.

[bjɛ̃ ãtãdy / bjɛ̃ syr]

當然。

8. Certainement.

[sɛrtɛnmã]

肯定是。

9. Je sais.

[ʒə sɛ]

我知道。

10. J'ai compris.

[ʒɛ kõpri]

我明白了。

11. Je crois que oui.

[ʒə krwa kə wi]

我認為是這樣的。

 否定的回答

1. Non.

[nõ]

不。（回答肯定及否定問句）

2. Je ne suis pas d'accord.

[ʒə nə sɥi pa dakɔr]

我不同意。

3. Ce n'est pas vrai.

   [sə nɛ pa vrɛ]

   不是這樣的。

4. Pas du tout.

   [pa dy tu]

   完全不是。／一點也不。

5. Jamais.

   [ʒamɛ]

   從不。／絕不。

6. Absolument pas.

   [apsɔlymɑ̃ pa]

   絕對不是。

7. Pas vraiment.

   [pa vrɛmɑ̃]

   不是真的。

8. Ce n'est pas sûr.

   [sə nɛ pa syr]

   不一定。

9. Je ne sais pas.

   [ʒə nə sɛ pa]

   我不知道。

10. Je n'ai pas compris.

    [ʒə nɛ pa kɔ̃pri]

    我不懂。

11. Je ne pense pas.

    [ʒə nə pɑ̃s pa]

    我不認為。

→ 此處可以加上程度副詞，讓對方更明白你的理解程度。

肯定說法

∗ Je comprends très bien.

   [ʒə kɔ̃prɑ̃ trɛ bjɛ̃]

   我非常明白。

∗ Je comprends un petit peu.

   [ʒə kɔ̃prɑ̃ œ̃ pəti pø]

   我稍微明白。

否定說法

* Je ne comprends pas trop.
  [ʒə nə kɔ̃prɑ̃ pa tro]

我不太明白。

* Je ne comprends pas du tout.
  [ʒə nə kɔ̃prɑ̃ pa dy tu]

我完全不明白。

Pardon?

◀)) 010

語言不通

聽不懂法語時

1. Excusez-moi, je n'ai pas compris.
   [ɛkskyzemwa ʒə nɛ pa kɔ̃pri]

對不起，我沒聽懂。

2. Pourriez-vous répéter, s'il vous plaît?
   [purjevu repete sil vu plɛ]

可以請您再說一次嗎？

3. Est-ce que vous pourriez parler moins vite, s'il vous plaît?
   [ɛskə vu purje parle mwɛ̃ vit sil vu plɛ]

可以請您說慢一點嗎？

4. En anglais, s'il vous plaît.
   [ɑ̃ nɑ̃glɛ sil vu plɛ]

請說英語。

5. Parlez-vous anglais?
   [parlevu ɑ̃glɛ]

您說英語嗎？

6. Qu'est-ce qu'il a dit tout à l'heure?
   [kɛs ki la di tu ta lœr]

他剛剛說了什麼？

7. Qu'est-ce que cela signifie?

[kɛskə səla siɲifi]

什麼意思？

Qu'est-ce que cela veut dire?

[kɛskə səla vø dir]

什麼意思？

8. Pourriez-vous me l'écrire?

[purjevu mə lekrir]

您可以幫我寫下來嗎？

 告訴對方自己不會法語

1. Je ne parle pas bien français.

[ʒə nə parl pa bjɛ̃ frɑ̃sɛ]

我法語說得不好。

2. Je ne parle pas français.

[ʒə nə parl pa frɑ̃sɛ]

我不會說法語。

Je suis desolé(e), mais ce n'est pas possible.

◀)) 011

婉拒

1. Non, merci.

[nɔ̃ mɛrsi]

不用了，謝謝。

2. Je n'en ai pas besoin.

[ʒə nɑ̃ nɛ pa bəzwɛ̃]

我不需要。

3. Ça ne me plaît pas trop.

[sa nə mə plɛ pa tro]

我不太喜歡。

4. Je suis désolé(e), mais ce n'est pas possible.

[ʒə sɥi dezɔle mɛ sə nɛ pa pɔsibl]

我很抱歉，這不可能。

5. Ce n'est pas la peine.

[sə nɛ pa la pɛn]

沒必要。／不用。

6. Non, je regrette.

[nɔ̃ ʒə rəgrɛt]

很遺憾，不行。

7. Non, désolé(e), je ne peux pas.

[nɔ̃ dezɔle ʒə nə pø pa]

不，對不起，我辦不到。

8. Désolé(e), ça va être difficile.

[dezɔle sa va ɛtr difisil]

對不起，這有難度。

Je m'appelle Marie.

🔊 012

自我介紹

會話 1

 Comment vous appelez-vous?

[kɔmã vu zapəlevu]

請問您叫什麼名字？

Je m'appelle Marie.

[ʒə mapɛl mari]

我叫瑪麗。

會話 2

 D'où venez-vous?

[du vənevu]

您從哪裡來？

 Je viens de Taipei

[ʒə vjɛ̃ də tajpɛj]

我來自台北。

會話 3

 Vous venez de quel pays?

[vu vəne də kɛl pei]

您來自哪個國家？

 Je viens de Taïwan.

[ʒə vjɛ̃ də tajwan]

我來自台灣。

會話 4

 Depuis combien de temps est-ce que vous vivez en France?

[dəpɥi kɔ̃bjɛ̃ də tɑ̃ ɛskə vu vive ɑ̃ frɑ̃s]

您在法國住多久了？

 Depuis un an et demi.

[dəpɥi œ̃ nɑ̃ e dəmi]

一年半。

Pourquoi venez-vous en France?

[purkwa vənevu ã frãs]

您為什麼來法國？

 Je viens pour apprendre le français.

[ʒə vjɛ̃ pur aprãdr lə frãsɛ]

我是來學法語的。

也可以這樣說：

 • Je viens（pour）voyager.

[ʒə vjɛ̃ pur vwajaʒe]

我是來旅遊的。

 • Je viens travailler.

[ʒə vjɛ̃ travaje]

我是來工作的。

 • Je suis en voyage d'affaires.

[ʒə sɥi ã vwajaʒ dafɛr]

我是來出差的。

 Où étudiez-vous?

[u etydjevu]

您在哪裡念書？

 J'étudie à la Sorbonne.

[ʒetydi a la sɔrbɔn]

我在索邦大學唸書。

會話 7

 Qu'est-ce que vous faites dans la vie?

[kɛskə vu fɛt dã la vi]

您是做什麼工作的？

 Je suis interprète.

[ʒə sɥi ɛ̃tɛrprɛt]

我是口譯員。

會話 8

 Où habitez-vous?

[u abitevu]

您住在哪裡？

 J'habite à Taipei.

[ʒabit a tajpɛj]

我住在台北。

會話 9

 Aimez-vous le cinéma?

[emevu lə sinema]

您喜歡看電影嗎？

 J'adore le cinéma.

[ʒadɔr lə sinema]

我非常喜歡。

Quels sont vos centres d'intérêt?　　　您的興趣是什麼？

[kɛl sɔ̃ vɔ sɑ̃tr dɛ̃terɛ]

 Je joue du piano.　　　我彈鋼琴。

[ʒə ʒu dy pjano]

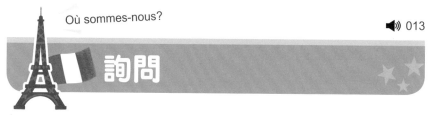

Où sommes-nous?

🔊 013

詢問

 詢問語言

1. Comment ce mot se prononce-t-il?　　　這個字怎麼唸？

[kɔmɑ̃ sə mo sə prɔnɔ̃stil]

2. Que signifie ce mot ?　　　這個字是什麼意思？

[kə siɲifi sə mo]

3. Comment est-ce que ça se dit en français?　　　這個字（這句話）用法語怎麼說？

[kɔmɑ̃ ɛskə sa sə di ɑ̃ frɑ̃sɛ]

詢問地點

1. **Où sommes-nous?**
   [u sɔm nu]

2. **Où sont les toilettes?**
   [u sɔ̃ le twalɛt]

我們在哪裡？

洗手間在哪裡？

 ## 詢問人

1. **Qui est-ce?**
   [ki ɛs]

2. **Qui est-il?**
   [ki ɛtil]

這是誰？

他是誰？

詢問原因・理由

1. **Pourquoi?**
   [purkwa]

2. **Quelle est la cause de l'incendie?**
   [kɛlɛ la koz də lɛ̃sɑ̃di]

3. **Quelle en est la cause?**
   [kɛlɑ̃ nɛ la koz]

為什麼？

火災的原因是什麼？

原因是什麼？

Qu'est-ce qui s'est passé?　　　　發生什麼事了？

[kɛs ki sɛ pase]

 Il y a eu un accident.　　　　有車禍。

[i li ja y œ̃ naksidɑ̃]

 Qu'est-ce qu'il y a?　　　　怎麼了？

[kɛs ki li ja]

 Il n'y a plus d'eau dans les toilettes.　　　　廁所裡沒有水了。

[il ni ja ply do dɑ̃ le twalɛt]

Cette rue est fermée aujourd'hui.　　今天這條路不能走。

[sɛ ry ɛ fɛrme oʒurdɥi]

 Pourquoi?　　為什麼？

[purkwa]

 Elle est fermée en raison du marathon.　　因為馬拉松比賽而封閉了。

[ɛ lɛ fɛrme ã rɛzɔ̃ dy maratɔ̃]

 ## 要求對方允許

1. Est-ce que je peux prendre une photo?　　我可以拍張照嗎？

[ɛskə ʒə pø prãdr yn foto]

2. Ça vous embête si je fume?　　您介意我抽菸嗎？

[sa vu zãbɛt si ʒə fym]

3. Puis-je entrer?　　我可以進來嗎？

[pɥiʒə ãtre]

4. Est-ce que je peux goûter?　　我能嚐嚐嗎？

[ɛskə ʒə pø gute]

5. Puis-je l'essayer?　　我可以試穿嗎？

[pɥiʒə lɛsɛje]

6. Puis-je m'asseoir ici?

[pɥiʒə maswar isi]

我可以坐這裡嗎？

7. Est-ce que je peux vous poser une question?

[ɛskə ʒə pø vu poze yn kɛstjõ]

我可以問您一個問題嗎？

8. Puis-je prendre votre stylo?

[pɥiʒə prãdr vɔtr stilo]

我可以借用一下您的鋼筆嗎？

Partie 4

單字入門通

常常只要一個正確的單字，
就能表達你想傳遞的訊息。
多多累積法語字彙量，讓溝通更流暢！

Je suis trop petit(e).

主要代詞及形容詞

🎙 主語人稱代名詞

je [ʒə]	我
tu [ty]	你
il [il]	他
elle [ɛl]	她
nous [nu]	我們
vous [vu]	你們／您
ils [il]	他們
elles [ɛl]	她們

🎙 泛指主語人稱代名詞

on [ɔ̃]	人們／我們

🎙 重讀音人稱代名詞

moi [mwa]	我
toi [twa]	你
lui [lɥi]	他
elle [ɛl]	她
nous [nu]	我們

vous [vu]	你們／您
eux [ø]	他們
elles [ɛl]	她們

指示代名詞

celui [səlɥi]	這個（陽性）
celle [sɛl]	這個（陰性）
ceux [sø]	這些（陽性）
celles [sɛl]	這些（陰性）
ce / ceci [sə] / [səsi]	這個（中性）

指示形容詞

ce [sə]	這個（陽性）（＋名詞）
cet [sɛt]	這個（陽性，用於以母音或啞音 h 開頭的陽性單數名詞之前）（＋名詞）
cette [sɛt]	這個（陰性）（＋名詞）
ces [se]	這些（陽性及陰性）（＋名詞）

所有格形容詞

	＋陽性單數名詞	＋陰性單數名詞	＋複數名詞
我的	**mon** [mɔ̃]	**ma** [ma]	**mes** [me]
你的	**ton** [tɔ̃]	**ta** [ta]	**tes** [te]
他的／她的	**son** [sɔ̃]	**sa** [sa]	**ses** [se]
我們的	**notre** [nɔtr]		**nos** [nɔ]
你們的／您的	**votre** [vɔtr]		**vos** [vɔ]
他們的／她們的	**leur** [lœr]		**leurs** [lœr]

所有格代名詞

	陽性單數	陽性複數	陰性單數	陰性複數
我的	**le mien** [lə mjɛ̃]	**les miens** [le mjɛ̃]	**la mienne** [la mjɛn]	**les miennes** [le mjɛn]
你的	**le tien** [lə tjɛ̃]	**les tiens** [le tjɛ̃]	**la tienne** [la tjɛn]	**les tiennes** [le tjɛn]
他的／她的	**le sien** [lə sjɛ̃]	**les siens** [le sjɛ̃]	**la sienne** [la sjɛn]	**les siennes** [le sjɛn]
我們的	**le nôtre** [notr]	**les nôtres** [le notr]	**la nôtre** [lə notr]	**les nôtres** [le notr]
你們的／您的	**le vôtre** [lə votr]	**les vôtres** [le votr]	**la vôtre** [la votr]	**les vôtres** [le votr]
他們的／她們的	**le leur** [la lœr]	**les leurs** [le lœr]	**la leur** [lə lœr]	**les leurs** [le lœr]

家庭成員

| le père
[lə pɛr]
爸爸 | la mère
[la mɛr]
媽媽 | le frère
[lə frɛr]
兄弟 |

| la sœur
[la sœr]
姊妹 | l'oncle
[lɔ̃kl]
伯伯、叔叔、舅舅 | la tante
[la tɑ̃t]
阿姨、姑姑 |

| le grand-père
[lə grɑ̃pɛr]
祖父 | la grand-mère
[la grɑ̃mɛr]
祖母 | le cousin
[lə kuzɛ̃]
堂兄弟、表兄弟 |

| la cousine
[la kuzin]
堂（表）姐妹 | le neveu
[lə nəvø]
侄子、外甥 | la nièce
[la njɛs]
侄女、外甥女 |

| le fils
[lə fis]
兒子 | la fille
[la fij]
女兒 | le petit-fils
[lə pəti fis]
孫子、外孫 |

| la petite-fille
[la pəti fij]
孫女、外孫女 | le mari
[lə mari]
丈夫 | la femme
[la fam]
妻子 |

Il est beau!

016

形容詞

 反義詞

bon(ne) [bɔ̃ (-ɔn)] 好的	⟷ **mauvais(e)** [mɔvɛ(z)] 壞的	**grand(e)** [grɑ̃(d)] 高的／大的	⟷ **petit(e)** [pəti(t)] 矮的／小的
gros(se) [gro(s)] 胖的	⟷ **mince** [mɛ̃s] 瘦的	**épais(se)** [epɛ(s)] 厚的	⟷ **fin(e)** [fɛ̃ (-in)] 薄的
long(ue) [lɔ̃(g)] 長的	⟷ **court(e)** [kur(t)] 短的	**large** [larʒ] 寬的	⟷ **étroit(e)** [etrwa(t)] 窄的
lourd(e) [lur(d)] 重的	⟷ **léger / légère** [leʒe / leʒɛr] 輕的	**facile** [fasil] 簡單的	⟷ **difficile** [difisil] 困難的
haut(e) [o(t)] 高的	⟷ **bas(se)** [bɑ(s)] 低的	**dur(e)** [dyr] 硬的	⟷ **mou / molle** [mu / mɔl] 軟的

味覺

sucré(e) [sykre] 甜的	**salé(e)** [sale] 鹹的	**épicé(e)** [epise] 辣的
acide [asid] 酸的	**amer / amère** [amɛ] 苦的	**délicieux / délicieuse** [delisjø / delisjøz] 美味的
fade [fad] 沒有味道的		

🥣 形狀

rond(e) [rɔ̃(d)] 圓形的	**ovale** [ɔval] 橢圓形的	**rectangulaire** [rɛktɑ̃gylɛr] 矩形的
triangulaire [trijɑ̃gylɛr] 三角形的	**carré(e)** [kare] 四角形的	**pentagonal(e)** [pɛ̃tagɔnal] 五角形的
hexagonal(e) [ɛgzagɔnal] 六角形的	**étoilé(e)** [etwale] 星形的	

J'ai perdu deux mille euros!

017

數字

zéro [zero] 0	un [œ̃] 1	deux [dø] 2	trois [trwa] 3
quatre [katr] 4	cinq [sɛ̃k] 5	six [sis] 6	sept [sɛt] 7
huit [ɥit] 8	neuf [nœf] 9	dix [dis] 10	onze [ɔ̃z] 11
douze [duz] 12	treize [trɛz] 13	quatorze [katɔrz] 14	quinze [kɛ̃z] 15
seize [sɛz] 16	dix-sept [disɛt] 17	dix-huit [dizɥit] 18	dix-neuf [diznœf] 19
vingt [vɛ̃] 20	vingt et un [vɛ̃teœ̃] 21	vingt-deux [vɛ̃tdø] 22	vingt-trois [vɛ̃ttrwa] 23

vingt-quatre	vingt-cinq	vingt-six	vingt-sept
[vɛ̃tkatr]	[vɛ̃tsɛ̃k]	[vɛ̃tsis]	[vɛ̃tsɛt]
24	25	26	27
vingt-huit	vingt-neuf	trente	trente et un
[vɛ̃tɥit]	[vɛ̃tnœf]	[trɑ̃t]	[trɑ̃teœ̃]
28	29	30	31
trente-deux	quarante	quarante et un	quarante-deux
[trɑ̃tdø]	[karɑ̃t]	[karɑ̃teœ̃]	[karɑ̃tdø]
32	40	41	42
cinquante	cinquante et un	cinquante-deux	soixante
[sɛ̃kɑ̃t]	[sɛ̃kɑ̃teœ̃]	[sɛ̃kɑ̃tdø]	[swasɑ̃t]
50	51	52	60
soixante et un	soixante-deux	soixante-dix	soixante et onze
[swasɑ̃teœ̃]	[swasɑ̃tdø]	[swasɑ̃tdis]	[swasɑ̃teɔ̃z]
61	62	70	71
soixante-douze	quatre-vingts	quatre-vingt-un	quatre-vingt-deux
[swasɑ̃tduz]	[katrvɛ̃]	[katrvɛ̃œ̃]	[katrvɛ̃œ̃dø]
72	80	81	82
quatre-vingt-dix	quatre-vingt-onze	quatre-vingt-douze	cent
[katrvɛ̃dis]	[katrvɛ̃ɔ̃z]	[katrvɛ̃duz]	[sɑ̃]
90	91	92	100

cent un	cent deux	deux cents	deux cent un
[sɑ̃ œ̃]	[sɑ̃ dø]	[dø sɑ̃]	[dø sɑ̃ œ̃]
101	102	200	201
deux cent deux	trois cents	trois cent un	trois cent deux
[dø sɑ̃ dø]	[trwa sɑ̃]	[trwa sɑ̃ œ̃]	[trwa sɑ̃ dø]
202	300	301	302
quatre cents	quatre cent un	quatre cent deux	mille
[katr sɑ̃]	[katr sɑ̃ œ̃]	[katr sɑ̃ dø]	[mil]
400	401	402	1,000
dix mille	cent mille	un million	un milliard
[dis mil]	[sɑ̃ mil]	[œ̃ miljɔ̃]	[œ̃ miljar]
10,000	100,000	1,000,000	1,000,000,000

Il fait froid en décembre!

◀)) 018

時間

 月份

1. **En quel mois sommes-nous?**

   [ɑ̃ kɛl mwa sɔm nu]

   現在是幾月？

2. **Nous sommes en février.**

   [nu sɔm ɑ̃ fevrije]

   現在是二月。

1月	**janvier** [ʒɑ̃vje] 一月
2月	**février** [fevrije] 二月
3月	**mars** [mars] 三月
4月	**avril** [avril] 四月
5月	**mai** [mɛ] 五月
6月	**juin** [ʒɥɛ̃] 六月
7月	**juillet** [ʒɥijɛ] 七月
8月	**août** [ut] 八月
9月	**septembre** [sɛptɑ̃br] 九月
10日	**octobre** [ɔktɔbr] 十月
11月	**novembre** [nɔvɑ̃br] 十一月
12月	**décembre** [desɑ̃br] 十二月

🥢 日期

1. **Quelle date sommes-nous?** · 今天幾號？
   [kɛl dat sɔm nu]
2. **Nous sommes le deux février.** · 今天是二月二日。
   [nu sɔm lə dø fevrije]

le premier [lə prəmje] 一號	**le deux** [lə dø] 二號
le trois [lə trwa] 三號	**le quatre** [lə katr] 四號
le cinq [lə sɛ̃k] 五號	**le six** [lə sis] 六號
le sept [lə sɛt] 七號	**le huit** [lə ɥit] 八號
le neuf [lə nœf] 九號	**le dix** [lə dis] 十號

le onze
[lə õz]
十一號

le douze
[lə duz]
十二號

 le treize
[lə trɛz]
十三號

 le quatorze
[lə katɔrz]
十四號

 le quinze
[lə kɛz]
十五號

 le seize
[lə sɛz]
十六號

 le dix-sept
[lə disɛt]
十七號

 le dix-huit
[lə dizɥit]
十八號

 le dix-neuf
[lə diznœf]
十九號

 le vingt
[lə vɛ̃]
二十號

 le vingt et un
[lə vɛ̃teœ̃]
二十一號

 le vingt-deux
[lə vɛ̃tdø]
二十二號

 le vingt-trois
[lə vɛ̃trwa]
二十三號

 **le vingt-
quatre**
[lə vɛ̃tkatr]
二十四號

25日 le vingt-cinq [lə vɛ̃tsɛ̃k] 二十五號	**26**日 le vingt-six [lə vɛ̃tsis] 二十六號
27日 le vingt-sept [lə vɛ̃tsɛt] 二十七號	**28**日 le vingt-huit [lə vɛ̃tɥit] 二十八號
29日 le vingt-neuf [lə vɛ̃tnœf] 二十九號	**30**日 le trente [lə trɑ̃t] 三十號
31日 le trente et un [lə trɑ̃te œ̃] 三十一號	

星期

1. **Quel jour sommes-nous?**
   [kɛl ʒur sɔm nu]

   今天星期幾？

2. **Nous sommes lundi.**
   [nu sɔm lœ̃di]

   今天星期一。

dimanche [dimɑ̃ʃ] 星期天	lundi [lœ̃di] 星期一

mardi
[mardi]
星期二

mercredi
[mɛrkrədi]
星期三

jeudi
[ʒødi]
星期四

vendredi
[vãdrədi]
星期五

samedi
[samdi]
星期六

 整點

1. Quelle heure est-il?
   [kɛlœr ɛtil]

   現在幾點？

2. Il est dix heures.
   [i lɛ disœr]

   現在十點。

une heure
[ynœr]
一點
`01:00`

deux heures
[døzœr]
兩點
`02:00`

trois heures
[trwazœr]
三點
`03:00`

quatre heures
[katrœr]
四點
`04:00`

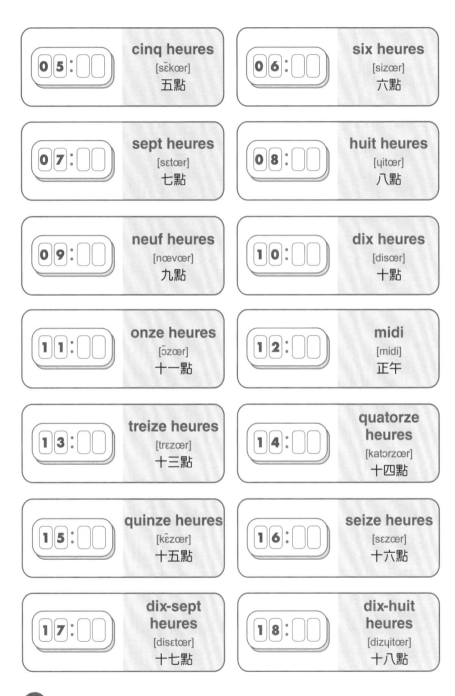

cinq heures
[sɛ̃kœr]
五點

six heures
[sizœr]
六點

sept heures
[sɛtœr]
七點

huit heures
[ɥitœr]
八點

neuf heures
[nœvœr]
九點

dix heures
[disœr]
十點

onze heures
[ɔ̃zœr]
十一點

midi
[midi]
正午

treize heures
[trɛzœr]
十三點

quatorze heures
[katɔrzœr]
十四點

quinze heures
[kɛ̃zœr]
十五點

seize heures
[sɛzœr]
十六點

dix-sept heures
[disɛtœr]
十七點

dix-huit heures
[dizɥitœr]
十八點

dix-neuf heures

[diznœvœr]

十九點

vingt heures

[vɛ̃tœr]

二十點

vingt et une heures

[vɛ̃teynœr]

二十一點

vingt-deux heures

[vɛ̃tdøzœr]

二十二點

vingt-trois heures

[vɛ̃trwazœr]

二十三點

minuit

[minɥi]

午夜

🥄 分與秒

minute [minyt]	分
seconde [səgɔ̃d]	秒
une heure dix [ynœr dis]	一點十分
une heure et quart [ynœr e kar]	一點十五分
une heure vingt [ynœr vɛ̃]	一點二十分
une heure vingt et un [ynœr vɛ̃teœ̃]	一點二十一分

une heure vingt-cinq

[ynœr vɛ̃ sɛ̃k]

一點二十五分

une heure et demie/une heure trente

[ynœr e dəmi / ynœr trɑ̃t]

一點半

deux heure moins le quart

[døzœr mwɛ̃ lə kar]

一點四十五分／差十五分兩點

deux heures moins vingt

[døzœr mwɛ̃ vɛ̃]

一點四十分／差二十分兩點

deux heures moins cinq

[døzœr mwɛ̃ sɛ̃k]

一點五十五分／差五分兩點

 小時

	une heure [ynœr] 一小時		deux heures [døzœr] 兩小時

 trois heures [trwazœr] 三小時   quatre heures [katrœr] 四小時

 cinq heures [sɛ̃kœr] 五小時   six heures [sizœr] 六小時

 sept heures [sɛtœr] 七小時   huit heures [ɥitœr] 八小時

neuf heures
[nœvœr]
九小時

dix heures
[disœr]
十小時

**une demi-
heure**
[yn dəmi œr]
半小時

**un quart
d'heure**
[œ̃ kar dœr]
十五分鐘

**Combien
d'heures?**
[kɔ̃bjɛ̃ dœr]
幾個小時？

其他時間的說法

un jour [œ̃ ʒur] 一天	**une semaine** [yn səmɛn] 一個禮拜	**un mois** [œ̃ mwa] 一個月
un an / une année [œ̃ nɑ̃ / yn ane] 一年	**maintenant** [mɛ̃tnɑ̃] 現在	**après** [aprɛ] 以後
avant [avɑ̃] 以前	**aujourd'hui** [oʒurdɥi] 今天	**hier** [jɛr] 昨天

demain
[dmɛ̃]
明天

avant-hier
[avɑ̃tjɛr]
前天

après-demain
[aprɛdmɛ̃]
後天

cette semaine
[sɛt səmɛn]
這禮拜

la semaine prochaine
[la səmɛn prɔʃɛn]
下禮拜

dans quinze jours
[dɑ̃ kɛ̃z ʒur]
兩個禮拜之後

la semaine dernière
[la səmɛn dɛrnjɛr]
上個禮拜

il y a quinze jours
[i li ja kɛ̃z ʒur]
兩個禮拜之前

le week-end
[lə wikɛnd]
週末

ce mois-ci
[sə mwa si]
這個月

le mois dernier
[lə mwa dɛrnje]
上個月

il y a deux mois
[i li ja dø mwa]
兩個月前

le mois prochain
[lə mwa prɔʃɛ̃]
下個月

dans deux mois
[dɑ̃ dø mwa]
兩個月後

cette année
[sɛ tane]
今年

l'an dernier / l'année dernière
[lɑ̃ dɛrnje / lane dɛrnjɛr]
去年

le midi
[lə midi]
中午

le matin
[lə matɛ̃]
上午

l'après-midi
[laprɛmidi]
下午

l'an prochain / l'année prochaine
[lɑ̃ prɔʃɛ̃ / lane prɔʃɛn]
明年

il y a deux ans
[i li ja dø zɑ̃]
兩年前

dans deux ans
[dɑ̃ dø zɑ̃]
兩年後

le petit matin
[lə pəti matɛ̃]
清晨

le soir
[lə swar]
傍晚／晚上

la nuit
[la nɥi]
晚上／深夜

le jour
[lə ʒur]
白天

🔊 019

季節・節日

🎀 季節

🎀 國定假日

les jours fériés [le ʒur][ferje] 國定假日	**le jour de l'An / le Nouvel An** [lə ʒur də lɑ̃ / lə nuvɛlɑ̃] 新年／元旦（一月一日）
Pâques [pɑk] 復活節（每年春分月圓之後 第一個星期日）	**Lundi de Pâques** [lœ̃di də pɑk] 復活節後的星期一 （復活節後的隔天）

la Fête du Travail
[la fɛt dy travaj]
勞動節（五月一日）

le jour de la Victoire / le 8 mai 1945
[lə ʒur də la viktwar / lə ɥit mɛ diznœf sɑ̃ karɑ̃t sɛk]
二戰勝利紀念日（五月八日）

l'Ascension
[lasɑ̃sjɔ̃]
耶穌升天節（復活節後第四十天）

la Pentecôte
[la pɑ̃tkot]
五旬節（復活節後第五十天）

la Fête Nationale / le 14 juillet
[la fɛt nasjɔnal / lə katɔrz ʒɥijɛ]
法國國慶日（七月十四日）

l'Assomption
[lasɔ̃psjɔ̃]
聖母升天節（八月十五日）

la Toussaint
[la tusɛ̃]
諸聖節（十一月一日）

le jour du Souvenir / le jour de l'Armistice
[lə ʒur dy suvnir / lə ʒur də larmistis]
一戰停戰紀念日（十一月十一日）

Noël
[nɔɛl]
耶誕節（十二月二十五日）

🔊 020

方位

📛 位置副詞

au-dessus [odəsy] 上面	**au-dessous** [odəsu] 下面	**au milieu** [o miljø] 中間
à droite [a drwat] 右邊	**à gauche** [a goʃ] 左邊	**devant** [dəvɑ̃] 前面
derrière [dɛrjɛr] 後面	**dedans** [dədɑ̃] 裡面	**dehors** [dəor] 外面
ici [isi] 這裡	**là-bas** [laba] 那裡	

📛 方向

 l'est
[lɛst]
東

 l'ouest
[lwɛst]
西

 le sud
[lə syd]
南

 le nord
[lə nɔr]
北

 顏色

1. **Quelle couleur préférez-vous?**

   [kɛl kulœr prefere vu]

   您喜歡什麼顏色？

2. **Je préfère le bleu.**

   [ʒə prefɛr lə blø]

   我喜歡藍色。

 le noir
[lə nwar]
黑色

 le blanc
[lə blã]
白色

 le gris
[lə gri]
灰色

 le rouge
[lə ruʒ]
紅色

 l'orange
[lə orãʒ]
橘色

 le jaune
[lə ʒon]
黃色

 le vert
[lə vɛr]
綠色

 le bleu
[lə blø]
藍色

 le violet
[lə vjɔlɛ]
紫色

 le bleu ciel
[lə blø sjɛl]
天藍色

	le rose [lə roz] 粉紅色		**le brun** [lə brœ̃] 褐色
	le marron [lə marɔ̃] 深咖啡		**l'or** [lɔr] 金色
	l'argent [larʒɑ̃] 銀色		**le turquoise** [lə tyrkwaz] 土耳其綠

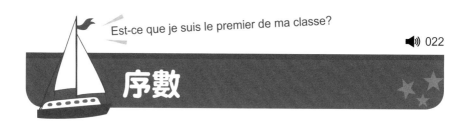

Est-ce que je suis le premier de ma classe?

🔊 022

序數

premier, première [prəmje / prəmjɛr]	第一
deuxième [døzjɛm]	第二
troisième [trwazjɛm]	第三
quatrième [katrijɛm]	第四

cinquième [sɛ̃kjɛm]	第五
sixième [sizjɛm]	第六
septième [sɛtjɛm]	第七
huitième [ɥitjɛm]	第八
neuvième [nœvjɛm]	第九
dixième [dizjɛm]	第十
onzième [ɔ̃zjɛm]	第十一
douzième [duzjɛm]	第十二
treizième [trɛzjɛm]	第十三
quatorzième [katɔrzjɛm]	第十四
quinzième [kɛ̃zjɛm]	第十五
seizième [sɛzjɛm]	第十六
dix-septième [disɛtjɛm]	第十七
dix-huitième [dizɥitjɛm]	第十八

dix-neuvième

[diznœvjɛm]

vingtième

[vɛ̃tjɛm]

vingt et unième

[vɛ̃teynjɛm]

trentième

[trɑ̃tjɛm]

quarantième

[karɑ̃tjɛm]

cinquantième

[sɛ̃kɑ̃tjɛm]

soixantième

[swasɑ̃tjɛm]

soixante-dixième

[swasɑ̃tdizjɛm]

quatre-vingtième

[katrvɛ̃tjɛm]

quatre-vingt-dixième

[katrvɛ̃dizjɛm]

centième

[sɑ̃tjɛm]

第十九

第二十

第二十一

第三十

第四十

第五十

第六十

第七十

第八十

第九十

第一百

◀)) 023

星座

le Bélier
[lə belje]
白羊座

le Taureau
[lə toro]
金牛座

les Gémeaux
[le ʒemo]
雙子座

le Cancer
[lə kɑ̃sɛr]
巨蟹座

le Lion
[lə ljɔ̃]
獅子座

la Vierge
[la vjɛrʒ]
處女座

la Balance
[la balɑ̃s]
天秤座

le Scorpion
[lə skɔrpjɔ̃]
天蠍座

le Sagittaire
[lə saʒitɛr]
射手座

le Capricorne
[lə kaprikɔrn]
摩羯座

le Verseau
[lə vɛrso]
水瓶座

les Poissons
[le pwasɔ̃]
雙魚座

數量詞

▶▶ 次數

une fois [yn fwa] 一次	**la première fois** [la prəmjɛr fwa] 第一次

▶▶ 金錢

1 centime [œ̃ sãtim] 一分 0.01€	**2 centimes** [dø sãtim] 兩分 0.02€	**5 centimes** [sɛ̃k sãtim] 五分 0.05€
10 centimes [dis sãtim] 十分 0.10€	**20 centimes** [vɛ̃ sãtim] 二十分 0.20€	**50 centimes** [sɛ̃kãt sãtim] 五十分 0.50€
1 euro [œ̃ øro] 一歐元 1€	**2 euros** [døzøro] 兩歐元 2€	**5 euros** [sɛ̃køro] 五歐元 5€
10 euros [dizøro] 十歐元 10€	**20 euros** [vɛ̃tøro] 二十歐元 20€	**50 euros** [sɛ̃kãtøro] 五十歐元 50€
100 euros [sãtøro] 一百歐元 100€	**200 euros** [døsãtøro] 兩百歐元 200€	**500 euros** [sɛ̃ksãtøro] 五百歐元 500€

▶▶ 樓層

le sous-sol
[lə susɔl]
地下室

le rez-de-chaussée
[lə redʃose]
一樓

le premier étage
[lə prəmje etaʒ]
二樓

le deuxième étage
[lə døzjɛm etaʒ]
三樓

le grenier
[lə grənje]
閣樓

▶▶ 分數

un demi
[œ̃ dəmi]
二分之一

un tiers
[œ̃ tjɛr]
三分之一

un quart
[œ̃ kar]
四分之一

un cinquième
[œ̃ sɛ̃kjɛm]
五分之一

un sixième
[œ̃ sizjɛm]
六分之一

un septième
[œ̃ sɛtjɛm]
七分之一

un huitième
[œ̃ ɥitjɛm]
八分之一

un neuvième
[œ̃ nœvjɛm]
九分之一

un dixième
[œ̃ dizjɛm]
十分之一

un pour cent
[œ̃ pur sɑ̃]
百分之一

▶▶ 食物常用量詞

une tasse de café
[yn tas də kafe]
一杯咖啡

un verre d'eau
[œ̃ vɛr do]
一杯水

un bol de riz
[œ̃ bɔl də ri]
一碗米飯

une bouteille de vin rouge
[yn butɛj də vɛ̃ ruʒ]
一瓶紅酒

une douzaine d'œufs
[yn duzɛn dœf]
一打雞蛋

▶▶ 重量單位

un milligramme
[œ̃ miligram]
一毫克

un gramme
[œ̃ gram]
一公克

un kilogramme / un kilo
[œ̃ kilogram / œ̃ kilo]
一公斤

une tonne
[yn tɔn]
一噸

▶▶ 體積單位

un litre
[œ̃ litr]
一公升

un millilitre
[œ̃ mililitr]
一毫升

▶▶ 年齡

1. Quel âge avez-vous?

   [kɛ lɑʒ avevu]

   您幾歲？

2. J'ai vingt ans.

   [ʒɛ vɛ̃tɑ̃]

   我二十歲。

un an	deux ans	trois ans
[œ̃nɑ̃]	[døzɑ̃]	[trwazɑ̃]
一歲	二歲	三歲

quatre ans	cinq ans	six ans
[katrɑ̃]	[sɛ̃kɑ̃]	[sizɑ̃]
四歲	五歲	六歲

sept ans	huit ans	neuf ans
[sɛtɑ̃]	[ɥitɑ̃]	[nœfɑ̃]
七歲	八歲	九歲

dix ans	vingt ans	cent ans
[dizɑ̃]	[vɛ̃tɑ̃]	[sɑ̃tɑ̃]
十歲	二十歲	一百歲

Partie 5

旅遊法語通

法國有這麼多迷人又熱門的景點，
想輕鬆的四處旅遊，
就從説一口標準法語開始吧！

🔊 025

旅館

🪗 尋找旅館

1. Y a-t-il un hôtel sympa près d'ici?

   [jatil œ otɛl sɛ̃pa prɛ disi]

   附近有不錯的旅館嗎？

2. Pourriez-vous me recommander un bon hôtel?

   [purjevu mə rəkɔmɑ̃de œ̃ bɔ̃ otɛl]

   您能推薦我一間不錯的旅館嗎？

3. Est-ce qu'il y a un hôtel près d'ici?

   [ɛs ki li ja œ̃ otɛl prɛ disi]

   這附近有旅館嗎？

🪗 預約／詢問

1. Je voudrais réserver une chambre individuelle/double/ triple.

   [ʒə vudrɛ rezɛrve yn ʃɑ̃br ɛ̃dividɥɛl / dubl / tripl]

   我想預訂一間單人房／雙人房／三人房。

2. Je voudrais réserver une chambre avec un lit double / une chambre standard.

   [ʒə vudrɛ rezɛrve yn ʃɑ̃br avɛk œ̃ li dubl / yn ʃɑ̃br stɑ̃dar]

   我想要預訂一間大床房／標準房。

3. Avez-vous une chambre avec vue sur la mer?

   [avevu yn ʃɑ̃br avɛk vy syr la mɛr]

   請問有海景房嗎？

4. Voulez-vous me dire le prix d'une chambre en pension complète / en demi- pension?

[vulevu mə dir lə pri dyn ʃãbr ã pãsjɔ̃ kɔ̃plɛt / ã dəmipãsjɔ̃]

可以告訴我一間包全餐／包半餐房間的價格嗎？

5. Quel est le prix d'une nuit / par personne?

[kɛlɛ lə pri dyn nɥi / par pɛrsɔn]

每晚／每人的房價多少錢？

6. Quel est le prix d'une chambre à la semaine / au mois?

[kɛlɛ lə pri dyn ʃãbr a la səmɛn / o mwa]

一間房間一個禮拜／一個月多少錢？

7. J'ai réservé une chambre il y a cinq jours, et je voudrais annuler la réservation.

[ʒɛ rezɛrve yn ʃãbr i li ja sɛ̃k ʒur e ʒə vudrɛ anyle la rezɛrvasjɔ̃]

我五天前預訂了一間房間，我想取消預訂。

8. Est-ce que vous acceptez les chiens?

[ɛskə vu zaksɛpte le ʃjɛ̃]

你們可以接受帶狗嗎？

9. Est-ce qu'on peut avoir une réduction pour un long séjour?

[ɛs kɔ̃ pø avwar yn redyksjɔ̃ pur œ̃ lɔ̃ seʒur]

長住的話有打折嗎？

Bonjour, madame. Je vous téléphone pour réserver une chambre.

[bɔ̃ʒur madam ʒə vu telefɔn pur rezɛrve yn ʃãbr]

女士您好，我想預訂一間房間。

 Pour quel jour?

[pur kɛl ʒur]

哪一天？

 Pour la semaine du 7 au 13 avril.

[pur la səmɛn dy sɛt o trɛz avri]

四月七日到十三日。

 Pour combien de personnes?

[pur kɔ̃bjɛ̃ də pɛrsɔn]

幾個人？

 Pour deux personnes.

[pur dø pɛrsɔn]

兩個人。

 Vous préférez une chambre avec deux lits ou avec un lit double ?

[vu prefere yn ʃãbr avɛk dø li u avɛk œ̃ li dubl]

您要兩張床還是一張大床的房間？

 Je voudrais une chambre avec deux lits.

[ʒə vudrɛ yn ʃãbr avɛk dø li]

我想要一間兩張床的房間。

Avez-vous une chambre libre pour ce soir, s'il vous plaît?　請問今晚還有空房嗎？

[avevu yn ʃãbr libr pur sə swar sil vu plɛ]

 Je regrette, toutes les chambres sont occupées.　很抱歉，所有的房間都滿了。

[ʒə rəgrɛt tut le ʃãbr sõ ɔkype]

也可以這樣說

 Nous sommes désolés, tout est complet.　很抱歉，所有的房間都滿了。

[nu sɔm dezɔle tu tɛ kõplɛ]

🪗 登記入住

1. J'ai réservé une chambre sur Internet.

[ʒɛ rezɛrve yn ʃãbr syr ɛ̃tɛrnɛt]

我在網路上預訂了一間房間。

2. J'arriverai vers dix heures du soir.

[ʒarivəre vɛr disœr dy swar]

我晚上十點左右會抵達。

Bonjour. J'ai réservé une chambre individuelle.

[bɔ̃ʒur ʒɛ rezɛrve yn ʃãbr ɛ̃dividɥɛl]

您好，我預訂了一間單人房。

 Bonjour. Votre passeport, s'il vous plaît.

[bɔ̃ʒur vɔtr paspɔr sil vu plɛ]

您好，請出示您的護照。

 Voulez-vous remplir ce formulaire, s'il vous plaît.

[vulevu rãplir sə fɔrmylɛr sil vu plɛ]

請您填寫這張表格。

 Voici la clé de votre chambre cent douze.

[vwasi la kle də vɔtr ʃãbr sã duz]

給您 112 房的鑰匙。

 L'ascenseur est à droite.

[lasãsœr ɛta drwat]

電梯在右手邊。

 Merci.

[mɛrsi]

謝謝。

 Bonne nuit.

[bɔn nɥi]

晚安。

Avez-vous une réservation?　　　　您有預訂嗎？

[avevu yn rezɛrvasjɔ̃]

 Non.　　　　沒有。

[nɔ̃]

🪗 飯店服務

1. Où est l'ascenseur?　　　　請問電梯在哪裡？

   [u ɛ lasɑ̃sœr]

2. Où est servi le petit déjeuner?　　　　在哪裡吃早餐？

   [u ɛ sɛrvi lə pəti deʒœne]

3. Pouvez-vous me réveiller à 7h30, s'il vous plaît?　　　　可以請你七點半叫我起床嗎？

   [puvevu mə reveje a sɛtœr trɑ̃t sil vu plɛ]

4. Serait-il possible d'envoyer un e-mail?　　　　我可以寄一封電子郵件嗎？

   [sərɛ til pɔsibl dɑ̃vwaje œ̃ imɛl]

5. Est-ce que vous pourriez m'appeler un taxi?　　　　可以幫我叫一輛計程車嗎？

   [ɛskə vu purje maple œ̃ taksi]

Le prix est de 80 (quatre-vingts) euros par jour, de midi à midi.

[lə pri ɛ də katrvɛ̃ øro par ʒur də midi a midi]

每天的價格是八十歐元，從中午十二點到隔天中午十二點。

 Est-ce que le petit déjeuner est compris?

[ɛskə lə pəti deʒœne ɛ kɔ̃pri]

請問有附早餐嗎？

 Le petit déjeuner est en supplément. Il coûte cinq euros.

[lə pəti deʒœne ɛ tã syplemã il kut sɛ̃køro]

早餐需要額外付錢，費用是五歐元。

 Est-il possible d'avoir accès à Internet ici?

[ɛ til pɔsibl davwa aksɛ a ɛ̃tɛrnɛt isi]

這裡可以上網嗎？

 On peut se connecter à Internet.

[ɔ̃ pø sə kɔnɛkte a ɛ̃tɛrnɛt]

這裡可以上網。

🪗 有問題時

1. L'eau n'est pas assez chaude.
   [lo nɛ pa ase ʃod]

   水不夠熱。

2. La chasse d'eau des toilettes a un petit problème.
   [la ʃas do de twalɛt a œ̃ pəti prɔblɛm]

   沖水馬桶有點問題。

3. La lampe ne s'allume pas dans la salle de bain.
   [la lɑ̃p nə salym pa dɑ̃ la sal də bɛ̃]

   浴室的燈不亮。

4. Il fait un peu chaud dans la chambre.
   [il fɛ œ̃ pø ʃo dɑ̃ la ʃɑ̃br]

   房間裡有點熱。

5. La chambre est bruyante.
   [la ʃɑ̃br ɛ brɥijɑ̃t]

   房間很吵。

6. Pourriez-vous me changer de chambre?
   [purjevu mə ʃɑ̃ʒe də ʃɑ̃br]

   您可以幫我換一間房嗎？

7. Il n'y a pas de savon dans la salle de bain.
   [il ni ja pa də savɔ̃ dɑ̃ la sal də bɛ̃]

   浴室裡沒有香皂。

   也可以將　　　　換成以下單字。

   • le gel douche [lə ʒɛl duʃ]

   沐浴露

   • shampooing [ʃɑ̃pwɛ̃]

   洗髮精

8. Il semble que le téléviseur ne marche plus.
   [il sɑ̃bl kə lə televizœr nə marʃe ply]

   電視好像壞了。

9. Le robinet ne se ferme plus.

[lə rɔbinɛ nə sə fɛrm ply]

水龍頭關不起來。

10. L'ampoule est grillée à l'allumage.

[lãpul ɛ grije a lalymaʒ]

燈泡在開燈時燒壞了。

🪗 結帳／退房

1. Je voudrais libérer la chambre.

[ʒə vudrɛ libere la ʃãbr]

我想要退房。

2. Pouvez-vous me préparer la note, s'il vous plaît?

[puvevu mə prepare la nɔt sil vu plɛ]

請幫我準備帳單。

3. Acceptez-vous les cartes de crédit?

[aksɛptevu le kart də kredi]

可以刷卡嗎？

4. Le service est compris?

[lə sɛrvis ɛ kõpri]

已經包含服務費了嗎？

5. J'ai oublié ma montre dans la chambre.

[ʒɛ ublije ma mõtr dã la ʃãbr]

我把手錶忘在房間裡了。

🪗 單字充電站

▶ 房型

---

la chambre individuelle
[la ʃɑ̄br ɛ̄dividɥɛl]
單人房

la chambre double
[la ʃɑ̄br dubl]
雙人房

---

la chambre standard
[la ʃɑ̄br stɑ̄dar]
標準房

la chambre triple
[la ʃɑ̄br tripl]
三人房

---

la chambre avec bain
[la ʃɑ̄br avɛk bɛ̄]
帶浴缸的房間

la chambre avec douche
[la ʃɑ̄br avɛk duʃ]
帶淋浴的房間

---

la pension complète
[la pɑ̄sjɔ̄ kɔ̄plɛt]
包全餐

la demi-pension
[la dəmipɑ̄sjɔ̄]
包半餐

▶▶ 室內用品／設備

la climatisation [la climatization] 空調	**les toilettes** [le twalɛt] 洗手間	**la salle de bain** [la sal də bɛ̃] 浴室
le lit [lə li] 床	**la couette** [la kwɛt] 被子	**le drap** [lə dra] 床單
l'oreiller [lɔrɛje] 枕頭	**la serviette** [la sɛrvjɛt] 毛巾	**le matelas** [lə matla] 床墊

▶▶ 其他

la réception [la resɛpsjɔ̃] 櫃檯	**le numéro de chambre** [lə nymero də ʃɑ̃br] 房間號碼

la clé [la kle] 鑰匙	**la piscine** [la pisin] 游泳池	**le petit déjeuner** [lə pəti deʒœne] 早餐
le déjeuner [lə deʒœne] 午餐	**le dîner** [lə dine] 晚餐	

Je voudrais changer 100 dollars.

銀行

🪗 尋找／詢問

1. **Je vais passer à la banque.**

   [ʒə vɛ pase a la bɑ̃k]

   我要去銀行。

2. **Je cherche un distributeur automatique.**

   [ʒə ʃɛrʃ œ̃ distribytœr ɔtomatik]

   我在找自動提款機。

3. **Je cherche un bureau de change.**

   [ʒə ʃɛrʃ œ̃ byro də ʃɑ̃ʒ]

   我在找外幣兌換所。

4. **Pourriez-vous me dire s'il y a une banque près d'ici?**

   [purjevu mə dir si li ja yn bɑ̃k prɛ disi]

   請問附近有銀行嗎？

5. **À quelle heure la banque est-elle ouverte?**

   [a kɛ lœr la bɑ̃k ɛ tɛl uvɛrt]

   銀行幾點開門？

🪗 在櫃檯—客人要求

1. **Je voudrais changer cent dollars.**

   [ʒə vudrɛ ʃɑ̃ʒe sɑ̃ dɔlar]

   我想要換一百美元。

2. **Je voudrais changer un chèque de voyage.**

   [ʒə vudrɛ ʃɑ̃ʒe œ̃ ʃɛk də vwajaʒ]

   我想要兌換一張旅行支票。

3. Quel est le taux de change?

[kɛlɛ lə to də ʃɑ̃ʒ]

匯率是多少？

4. Pourriez-vous endosser ce chèque?

[purjevu ɑ̃dose sə ʃɛk]

您可以幫我兌現這張支票嗎？

💼 在櫃檯—行員的指示

1. Veuillez signer ici.

[vøje siɲe isi]

請在這裡簽名。

2. Votre passeport, s'il vous plaît.

[vɔtr paspɔr sil vu plɛ]

請出示您的護照。

3. Quels sont les billets que vous voulez?

[kɛl sɔ̃ le bijɛ kə vu vule]

您想要多少面額的紙鈔？

4. Combien voulez-vous changer?

[kɔ̃bjɛ̃ vulevu ʃɑ̃ʒe]

您想要兌換多少金額？

5. Voulez-vous remplir ce formulaire?

[vulevu rɑ̃plir sə fɔrmylɛr]

您可以填一下這張表格嗎？

💼 使用提款機領錢時

1. Pouvez-vous m'indiquer où se trouve le distributeur avec une carte internationale?

[puvevu mɛ̃dike u sə truv lə distribytœr avɛk yn

kart ɛ̃tɛrnasjɔnal]

請問哪裡有可以使用國際金融卡的提款機？

2. Le distributeur de billets est en panne.

[lə distribytœr də bijɛ ɛ tã pan]

提款機壞了。

3. J'ai oublié mon code.

[ʒɛ ublije mɔ̃ kɔd]

我忘記密碼了。

4. J'ai perdu ma carte de crédit.

[ʒɛ pɛrdy ma kart də kredi]

我的信用卡不見了。

🪗 兌換—客人要求

1. Où est-ce qu'on peut changer de l'argent, s'il vous plaît?

[u ɛs kɔ̃ pø ʃãʒe də larʒã sil vu plɛ]

請問哪裡可以兌換錢？

2. Je pourrais changer des euros en dollars?

[ʒə purɛ ʃãʒe de zøro ã dɔlar]

我可以用歐元兌換美金嗎？

3. Quel est le taux de change pour l'euro aujourd'hui?

[kɛlɛ lə to də ʃãʒ pur løro oʒurdɥi]

今天歐元的匯率是多少？

4. Quelle est la commission?

[kɛlɛ la kɔmisjɔ̃]

手續費是多少？

5. Est-ce que vous avez la cote de change?

[ɛskə vu zave la kɔt də ʃãʒ]

您有歐元的牌價嗎？

🪗 兌換─行員的指示

1. Quelles devises avez-vous?

   [kɛl dəviz avevu]

   您的外幣種類是什麼？

2. Nous prenons une commission de 1% (un pour cent).

   [nu prənɔ̃ yn kɔmisjɔ̃ də œ̃ pur sã]

   我們收取百分之一的手續費。

3. Vous avez des billets de banque ou des chèques de voyage?

   [vu zave de bijɛ də bãk u de ʃɛk də vwajaʒ]

   您有紙鈔或旅行支票嗎？

4. Je suis désolé(e), mais nous ne prenons que les billets, pas les pièces.

   [ʒə sɥi dezɔle mɛ nu nə prənɔ̃ kə le bijɛ pa le pjɛs]

   很抱歉，我們只收紙鈔，不收硬幣。

🪗 匯款

1. Je voudrais faire un virement sur un compte à l'étranger.

   [ʒə vudrɛ fɛr œ̃ virmã syr œ̃ kɔ̃t a letrãʒe]

   我想要匯款到國外帳戶。

2. Quand est-ce que le virement arrivera?

   [kã dɛskə lə virmã arivəra]

   請問匯款什麼時候會入帳？

Je voudrais faire un virement.

[ʒə vudrɛ fɛr œ̃ virmã]

我想要匯款。

 Voulez-vous remplir ce formulaire?

[vulevu rãplir sə fɔrmylɛr]

可以請您填寫這張表
格嗎？

其他

1.　**Quel est le solde de mon compte,
s'il vous plaît?**

[kɛlɛ lə sɔld də mɔ̃ kɔ̃t sil vu plɛ]

請問我帳戶的餘額是多
少？

2.　**Je voudrais déclarer la perte de
ma carte de crédit.**

[ʒə vudrɛ deklare la pɛrt də ma kart də kredi]

我想要掛失我的信用
卡。

3.　**Pouvez-vous me changer ce billet
en pièces de monnaie, s'il vous
plaît?**

[puvevu mə ʃãʒe sə bijɛ ã pjɛs də mɔnɛ sil vu
plɛ]

可以幫我把這張紙鈔換
成零錢嗎？

4.　**Je voudrais endosser ce chèque,
s'il vous plaît.**

[ʒə vudrɛ ãdose sə ʃɛk sil vu plɛ]

請幫我兌現這張支票。

🪗 單字充電站

l'argent
[larʒɑ̃]
錢

la monnaie / la pièce
[la mɔnɛ / la pjɛs]
零錢

le billet
[lə bijɛ]
紙鈔

le chèque
[lə ʃɛk]
支票

le chèque de voyage
[lə ʃɛk də vwajaʒ]
旅行支票

le compte bancaire
[lə kɔ̃t bɑ̃kɛr]
銀行帳戶

la carte de crédit
[la kart də kredi]
信用卡

le guichet
[lə giʃɛ]
櫃檯

la filiale
[la filjal]
分行

le dépôt
[lə depo]
存款

le retrait
[lə rətrɛ]
提款

le change
[lə ʃɑ̃ʒ]
匯兌

la devise
[la dəviz]
外匯

le cours de change
[lə kur də ʃɑ̃ʒ]
外匯牌價

le virement
[lə virmɑ̃]
轉帳

le taux de change
[lə to də ʃɑ̃ʒ]
匯率

le distributeur de billets
[lə distribytœr də bijɛ]
自動提款機

le solde	l'euro	le dollar
[lə sɔld]	[løro]	[lə dɔlar]
餘額	歐元	美元

Bienvenue!

◀)) 027

餐廳

🪗 尋找餐廳

1. Y a-t-il un restaurant sympa près d'ici?

   [jatil œ̃ rɛstɔrɑ̃ sɛ̃pa prɛ disi]

   附近有不錯的餐廳嗎？

2. Pourriez-vous me recommander un bon restaurant?

   [purjevu mə rəkɔmɑ̃de œ̃ bɔ̃ rɛstɔrɑ̃]

   可以推薦我不錯的餐廳嗎？

 電話預約

 會話

 Bonjour. Je voudrais réserver une place.

[bɔ̃ʒur ʒə vudrɛ rezɛrve yn plas]

您好。我想要預約。

 Pour quel jour?

[pur kɛl ʒur]

請問要預約哪一天？

 À quelle heure?

[a kɛlœr]

請問要預約幾點？

 Pour vendredi soir, à vingt heures.

[pur vãdrədi swar a vɛ̃tœr]

禮拜五晚上八點。

 Pour combien de personnes?

[pur kɔ̃bjɛ̃ də pɛrson]

請問有幾位？

 Nous serons deux.

[nu sərɔ̃ dø]

兩位。

 Espace fumeurs ou non-fumeurs?

[ɛspas fymœr u nɔ̃fymœr]

吸菸區還是禁菸區？

 Non-fumeurs, s'il vous plaît.

[nɔ̃fymœr sil vu plɛ]

禁菸區。

 À quel nom?

[a kɛl nɔ̃]

請問您貴姓？

 **Monsieur Martin.**　　　　　　　馬丁。

[məsjø martɛ̃]

🪗 進入餐廳

1. **Nous sommes cinq.** 　　　　　　　　我們有五位。

[nu sɔm sɛ̃k]

2. **Auriez-vous une table pour cinq?** 　請問你們有適合五人用
餐的位子嗎？

[ɔrievu yn tabl pur sɛ̃k]

3. **Avez-vous une réservation?** 　　　　請問有預約嗎？

[avevu yn rezɛrvasjɔ̃]

🪗 點餐

1. **On pourrait avoir la carte, s'il vous plaît?** 　　　　　　　　　　　　　請問能看一下菜單嗎？

[ɔ̃ purɛ avwar la kart sil vu plɛ]

2. **Désirez-vous un apéritif?** 　　　　　您要開胃酒嗎？

[dezirevu œ̃ naperitif]

3. **Je peux prendre votre commande?** 　我能為您點菜了嗎？

[ʒə pø prãdr vɔtr kɔmãd]

4. **Qu'est-ce qui vous ferait plaisir?** 　您想點些什麼？

[kɛs ki vu fərɛ plɛzir]

5. **Vous désirez?** 　　　　　　　　　　您想要點什麼？

[vu dezire]

6. Vous avez choisi?

[vu zave ʃwazi]

您決定好了嗎？

7. Nous n'avons pas encore choisi.

[nu navõ pa zãkɔr ʃwazi]

我們還沒決定。

8. Quel est le plat du jour?

[kɛlɛ lə pla dy ʒur]

今日特餐是什麼？

9. Qu'est-ce que vous nous recommandez avec le poulet?

[kɛskə vu nu rəkɔmãde avɛk lə pulɛ]

可以請您推薦我們雞肉料理嗎？

會話 1

 Qu'est-ce que vous prenez comme boisson?

[kɛskə vu prəne kɔm bwasõ]

您想喝什麼飲料？

 Je voudrais une bouteille d'eau gazeuse.

[ʒə vudrɛ yn butɛj do gazøz]

我想要一瓶氣泡礦泉水。

→ 也可以這樣說：

1. Je vais prendre un café.

[ʒə vɛ prãdr ɶ̃ kafe]

我想要一杯咖啡。

2. Un demi（de biere）, s'il vous plaît.

[ɶ̃ dəmi (də bjɛr) sil vu plɛ]

啤酒一杯，謝謝。
（通常指 250 c. c.）

3. Pour moi, ce sera une limonade.

[pur mwa sə səra yn limɔnad]

我要一杯檸檬汽水。

Qu'est-ce que vous prenez comme dessert?

[kɛskə vu prəne kɔm desɛr]

您想要點什麼甜點？

 Je voudrais une crème brûlée.

[ʒə vudrɛ yn krɛm bryle]

我想要一份烤布蕾。

 傳統法國套餐

▶▶ 套餐內容

un apéritif [œ̃ naperitif] 開胃酒	**une entrée** [yn ɑ̃tre] 前菜	**un plat principal** [œ̃ pla prɛ̃sipal] 主菜
une salade [yn salad] 沙拉	**du fromage** [dy frɔmaʒ] 乳酪	**un dessert** [œ̃ desɛr] 甜點

un café ou un digestif
[œ̃ kafe u œ̃ diʒɛstif]
咖啡或餐後酒

🪗 詢問菜色

1. La blanquette de veau, qu'est-ce que c'est?

   [la blɑ̃kɛt də vo kɛskə sɛ]

   白醬燉小牛肉是什麼呢？

2. Quels poissons y a-t-il dans la bouillabaisse?

   [kɛl pwasɔ̃ jatil dɑ̃ la bujabɛs]

   普羅旺斯（馬賽）魚湯裡有什麼魚？

3. Est-ce qu'il y a des olives dans la salade mixte?

   [ɛs ki li ja de zɔliv dɑ̃ la salad mikst]

   綜合沙拉裡有橄欖嗎？

4. La crème brûlée est-elle à base de lait?

   [la krɛm bryle ɛtɛl a bas də lɛ]

   烤布蕾是用牛奶做的嗎？

5. Qu'est-ce qu'il y a comme légumes dans la ratatouille?

   [kɛs ki li ja kɔm legym dɑ̃ la ratatuj]

   這道燉菜裡有什麼蔬菜？

6. Qu'est-ce qu'il y a comme garniture avec le saumon?

   [kɛs ki li ja kɔm garnityr avɛk lə somɔ̃]

   鮭魚的配菜是什麼？

🪗 結帳

1. Monsieur, je peux avoir l'addition?

   [məsjø ʒə pø avwar ladisjɔ̃]

   先生，我要結帳。

2. Madame, pouvez-vous apporter l'addition?

[madam puvevu apɔrte ladisjɔ̃]

女士，請結帳。

3. L'addition, s'il vous plaît.

[ladisjɔ̃ sil vu plɛ]

請結帳。

4. Ça fait 12.50 euros (douze euros cinquante), s'il vous plaît.

[sa fɛ duzøro sɛ̃kɑ̃t sil vu plɛ]

總共是 12.5 歐元。

5. Gardez la monnaie.

[garde la mɔnɛ]

不用找了。

單字充電站

▶ 各式餐館

le restaurant
[lə rɛstorɑ̃]
餐廳

le café
[lə kafe]
咖啡館

le bistrot
[lə bistro]
小酒館、小餐館

la cafétéria
[la kafeterja]
快餐店

la crêperie
[la krɛpri]
可麗餅店

la sandwicherie
[la sɑ̃dwiʃəri]
三明治店

le restaurant végétarien
[lə rɛstorɑ̃ veʒetarjɛ̃]
素食餐廳

le bar
[lə bar]
酒吧

▶ 各式料理

la cuisine française
[la kɥizin frᾶsɛz]
法式料理

la cuisine italienne
[la kɥizin italjɛn]
義大利料理

la cuisine chinoise
[la kɥizin ʃinwaz]
中式料理

la cuisine japonaise
[la kɥizin ʒapɔnɛz]
日式料理

la cuisine coréenne
[la kɥizin kɔreɛn]
韓式料理

la cuisine asiatique
[la kɥizin azjatik]
亞洲料理

▶ 營業狀況

ouvert, e
[uvɛr(t)]
營業

fermé, e
[fɛrme]
關閉

▶ 結帳

payer la note
[pɛje la nɔt]
結帳

les taxes
[le taks]
稅

les frais de service
[le frɛ də sɛrvis]
服務費

le pourboire
[lə purbwar]
小費

▶▶ 飲食

manger [mɑ̃ʒe] 吃	boire [bwar] 喝	la nourriture [la nurityr] 料理
les aliments [le zalimɑ̃] 食物（原料）	le repas [lə rəpa] 餐點	le petit déjeuner [lə pəti deʒœne] 早餐
le déjeuner [lə deʒœne] 午餐	le dîner [lə dine] 晚餐	

▶▶ 各式料理

le pot-au-feu [lə potofø] 蔬菜牛肉濃湯	le bœuf bourguignon [lə bœf burgiɲɔ̃] 勃艮第燉牛肉	la blanquette de veau [la blɑ̃kɛt də vo] 白醬燉小牛肉
le rôti de porc [lə rɔti də pɔr] 烤豬肉	le gigot d'agneau [lə ʒigo daɲo] 烤羊腿	le foie gras [lə fwa gra] 鵝肝
le confit de canard [lə kɔ̃fi də kanar] 油封鴨	les tomates farcies [le tɔmat farsi] 烤番茄鑲肉	le hachis parmentier [lə aʃi parmɑ̃tje] 焗烤馬鈴薯牛肉醬

la purée de pommes de terre
[la pyre də pɔm də tɛr]
馬鈴薯泥

la choucroute garnie
[la ʃukrut garni]
酸菜香腸鍋

le croque-monsieur
[lə krɔkməsjø]
烤乳酪火腿吐司（法國香脆先生、庫克先生）

le croque-madame
[lə krɔkmadam]
烤乳酪火腿吐司加荷包蛋（法國香脆夫人、庫克夫人）

les cuisses de grenouilles
[le kɥis də grənuj]
田雞腿

les moules marinières
[le mul marinjɛr]
白酒淡菜

la ratatouille
[la ratatuj]
燉菜

les crêpes
[le krɛp]
可麗餅

la pizza
[la pidza]
披薩

les pâtes
[le pɑt]
義大利麵

les huîtres
[le zɥitr]
生蠔

la salade de chèvre chaud
[la salad də ʃɛvr ʃo]
烤山羊乳酪沙拉

▶ 各式甜點

la crème brûlée
[la krɛm bryle]
烤布蕾

le clafoutis aux cerises
[lə klafuti o səriz]
法式焗烤櫻桃布丁

le flan pâtissier
[lə flɑ̃ pɑtisje]
焦糖布丁

le riz au lait
[lə ri o lɛ]
奶香米布丁

la mousse au chocolat
[la mus o ʃokɔla]
巧克力慕斯

l'île flottante
[lil flɔtɑ̃t]
漂浮島（蛋白甜點）

la galette des Rois
[la galɛt de rwa]
國王餅

les gaufres
[le gofr]
格子鬆餅

les macarons
[le makarɔ̃]
馬卡龍

les madeleines
[le madlɛn]
馬德蓮蛋糕

la tarte au citron
[la tart o sitrɔ̃]
檸檬塔

les sablés
[le sable]
布列塔尼奶油酥餅

la tarte Tatin aux pommes
[la tart tatɛ̃ o pom]
蘋果塔

les canelés
[le kanəle]
可麗露（可露麗）

▶▶ 各式食材

l'œuf [lœf] 蛋	**le pain** [lə pɛ̃] 麵包	**le blé** [lə ble] 小麥
le riz [lə ri] 米	**l'avoine** [lavwan] 燕麥	**le maïs** [lə mais] 玉米
l'orge [lɔrʒ] 大麥	**le sorgho** [lə sɔrgo] 高粱	

▶▶ 蔬菜

les légumes [le legym] 蔬菜	**le poivron** [lə pwavrɔ̃] （青、紅、黃）椒	**la carotte** [la karɔt] 胡蘿蔔
l'oignon [lɔɲɔ̃] 洋蔥	**l'échalote** [leʃalɔt] 紅蔥頭	**le poireau** [lə pwaro] 蔥
la tomate [la tɔmat] 番茄	**le radis** [lə radi] 櫻桃蘿蔔	**le haricot** [lə ariko] 四季豆
la laitue [la lety] 萵苣	**le concombre** [lə kɔ̃kɔ̃br] 小黃瓜	**l'aubergine** [lobɛrʒin] 茄子

le brocoli	l'épinard	le champignon
[lə brɔkɔli]	[lepinar]	[lə ʃɑ̃piɲɔ̃]
花椰菜	菠菜	蘑菇

la truffe	le cèpe	l'asperge
[la tryf]	[lə sɛp]	[laspɛrʒ]
松露	牛肝菌	蘆筍

la courgette	la citrouille	le potiron
[la kurʒɛt]	[la sitruj]	[lə pɔtirɔ̃]
櫛瓜	南瓜	大南瓜

l'endive	l'artichaut	la betterave
[lɑ̃div]	[lartiʃo]	[la bɛtrav]
菊苣／苦白菜	朝鮮薊	甜菜根

le céleri	le chou	le chou-fleur
[lə sɛlri]	[lə ʃu]	[lə ʃuflœr]
芹菜	包心菜	白花菜

▶▶ 水果

les fruits [le frɥi] 水果	**l'avocat** [lavɔka] 酪梨	**la grenade** [la grənad] 石榴
le kiwi [lə kiwi] 奇異果	**l'orange** [lɔrɑ̃ʒ] 柳丁	**la mandarine** [la mɑ̃darin] 柑橘
la mangue [la mɑ̃g] 芒果	**la pomme** [la pɔm] 蘋果	**le melon** [lə məlɔ̃] 哈密瓜
la pêche [la pɛʃ] 桃子	**la noix de coco** [la nwa də kɔko] 椰子	**la poire** [la pwar] 西洋梨
les raisins [le rɛzɛ̃] 葡萄	**les cerises** [le səriz] 櫻桃	**l'abricot** [labriko] 杏桃
l'ananas [lanana] 鳳梨	**la banane** [la banan] 香蕉	**les framboises** [le frɑ̃bwaz] 覆盆子
le citron [lə sitrɔ̃] 檸檬	**les fraises** [le frɛz] 草莓	**la pastèque** [la pastɛk] 西瓜
le pamplemousse [lə pɑ̃pləmus] 葡萄柚		

▶ 肉類

la viande [la vjɑ̃d] 肉類	**le porc** [lə pɔr] 豬肉	**le filet mignon de porc** [lə filɛ miɲɔ̃ də pɔr] 豬里肌肉
les côtes de porc [le kot də pɔr] 豬肋排	**le jambon** [lə ʒɑ̃bɔ̃] 火腿	**les saucisses à la provençale** [le sosis a la prɔvɑ̃sal] 普羅旺斯香腸
le lardon [lə lardɔ̃] 肥豬肉丁	**l'andouillette** [lɑ̃dujɛt] 法式香腸	**le boudin noir** [lə budɛ̃ nwar] 豬血腸
le boudin blanc [lə budɛ̃ blɑ̃] 白香腸	**l'agneau** [laɲo] 羊肉	**les côtes d'agneau** [le kot daɲo] 羊排
le bœuf [lə bœf] 牛肉	**le veau** [lə vo] 小牛肉	**le beefsteak** [lə bifstɛk] 牛排
le steak haché [lə stɛk aʃe] 牛絞肉	**les merguez** [le mɛrgɛz] 北非口味辣香腸	**la volaille** [la vɔlaj] 家禽類

le poulet
[lə pulɛ]
雞肉

les filets de poulet
[le filɛ də pulɛ]
雞胸肉

les cuisses de poulet
[le kɥis də pulɛ]
雞腿

la dinde
[la dɛ̃d]
火雞肉

l'escalope de dinde
[lɛskalɔp də dɛ̃d]
火雞胸肉

le canard
[lə kanar]
鴨肉

le magret de canard
[lə magrɛ də kanar]
鴨胸肉

la pintade
[la pɛ̃tad]
珠雞／山雞

la caille
[la kaj]
鵪鶉

le gibier
[lə ʒibje]
野味

le lapin
[lə lapɛ̃]
兔肉

le sanglier
[lə sɑ̃glije]
野豬肉

les escargots
[le zɛskargo]
蝸牛

▶ 海鮮

les fruits de mer
[le frɥi də mɛr]
海鮮

le poisson
[lə pwasɔ̃]
魚

le thon
[lə tɔ̃]
鮪魚

le crabe
[lə krab]
螃蟹

le tourteau
[lə turto]
黃道蟹

la crevette
[la krəvɛt]
蝦子

le saumon
[lə somɔ̃]
鮭魚

le caviar
[lə kavjar]
魚子醬

la sardine
[la sardin]
沙丁魚

la sole
[la sɔl]
比目魚

le colin
[lə kɔlɛ̃]
鱈魚

le lieu
[lə ljø]
青鱈

le cabillaud
[lə kabijo]
大西洋鱈魚

la truite
[la trɥit]
鱒魚

le hareng
[lə arɑ̃]
鯡魚

l'anchois
[lɑ̃ʃwa]
（歐洲）鯷魚

le bar
[lə bar]
鱸魚

l'anguille
[lɑ̃gij]
鰻魚

le calamar
[lə kalamar]
魷魚、烏賊

la seiche
[la sɛʃ]
墨魚

la coquille Saint-Jacques
[la kɔkij sɛ̃ʒak]
大扇貝

▶▶ 早餐

les céréales [le sereal] 麥片	le croissant [lə krwasɑ̃] 可頌麵包	la confiture [la kɔ̃fityr] 果醬
le café [lə kafe] 咖啡	le café au lait [lə kafe o lɛ] 咖啡牛奶（歐蕾）	le chocolat chaud [lə ʃɔkɔla ʃo] 熱巧克力

▶▶ 下午茶／點心

le goûter [lə gute] 點心	le gâteau [lə gato] 蛋糕	les biscuits [le biskɥi] 餅乾
les bonbons [le bɔ̃bɔ̃] 糖果	le chocolat [lə ʃɔkɔla] 巧克力	la tartine [la tartin] （塗有或供塗奶油等 的）麵包片

▶▶ 飲料

la boisson [la bwasɔ̃] 飲料	l'eau minérale [lo mineral] 礦泉水	le cocktail de fruit [lə kɔktɛl də frɥi] 果汁飲料
le jus de pomme [lə ʒy də pɔm] 蘋果汁	le jus d'orange [lə ʒy dɔrɑ̃ʒ] 柳橙汁	l'orange pressée avec pulpe [lɔrɑ̃ʒ prɛse avɛk pylp] 現榨果粒柳橙汁

le soda
[lə sɔda]
蘇打水

le thé noir
[lə te nwar]
紅茶

le thé vert
[lə te vɛr]
綠茶

la tisane
[la tizan]
花草茶

le thé glacé
[lə te glas]
冰茶

le coca-cola
[lə kɔkakɔla]
可口可樂

le coca light
[lə kɔka lait]
無糖可樂

le sirop
[lə siro]
糖漿

▶▶ 酒類

le vin rouge
[lə vɛ̃ ruʒ]
紅酒

le vin blanc
[lə vɛ̃ blɑ̃]
白酒

le cognac
[lə kɔɲak]
干邑白蘭地

le champagne
[lə ʃɑ̃paɲ]
香檳

l'armagnac
[larmaɲak]
雅馬邑白蘭地

le rhum
[lə rɔm]
蘭姆酒

le whisky
[lə wiski]
威士忌

le vin rosé
[lə vɛ̃ roze]
玫瑰紅酒

▶ 各式麵包

la baguette
[la bagɛt]
長棍麵包

le pain au sésame
[lə pɛ̃ o sezam]
芝麻麵包

le pain aux noix
[lə pɛ̃ o nwa]
核桃麵包

le pain aux flocons d'avoine
[lə pɛ̃ o flɔkɔ̃ davwan]
燕麥麵包

le pain complet
[lə pɛ̃ kɔ̃plɛ]
全麥麵包

le pain paysan
[lə pɛ̃ pɛizɑ̃]
鄉村麵包

le pain de mie
[lə pɛ̃ də mi]
吐司

le petit pain
[lə pəti pɛ̃]
小法國麵包

le pain viennois
[lə pɛ̃ vjɛnwa]
維也納麵包

le bretzel
[lə brɛdzɛl]
蝴蝶脆餅、扭結餅

la brioche
[la brijoʃ]
布里歐修麵包

▶ 乳製品

les produits laitiers
[le prɔdɥi lɛtje]
乳製品

le lait
[lə lɛ]
牛奶

le beurre
[lə bœr]
奶油

la crème
[la krɛm]
鮮奶油

le fromage
[lə frɔmaʒ]
乳酪

le yaourt
[lə jaurt]
優酪乳

la crème glacée
[la krɛm glase]
霜淇淋

▶▶ 乳酪

le brie
[lə bri]
布利乳酪

le camembert
[lə kamãbɛr]
卡門貝爾乳酪

le cantal
[lə kãtal]
康塔勒乳酪

le comté
[lə kõte]
康堤乾酪

l'emmental
[lemɛ̃tal]
愛摩塔乳酪

le fromage de brebis
[lə frɔmaʒ də brəbi]
羊乳酪

le fromage de chèvre
[lə frɔmaʒ də ʃɛvr]
山羊乳酪

le roquefort
[lə rɔkfɔr]
羅克福藍紋山羊乳酪

le fromage blanc
[lə frɔmaʒ blã]
白色乳酪（新鮮乳酪）

▶▶ 調味料

le sel [lə sɛl] 鹽	le sucre [lə sykr] 糖	le poivre [lə pwavr] 胡椒
l'ail [laj] 蒜頭	le gingembre [lə ʒɛ̃ʒɑ̃br] 薑	les épices [le zepis] 香料
les herbes [le zɛrb] 各式香草	le basilic [lə bazilik] 羅勒	la cannelle [la kanɛl] 肉桂
le persil [lə pɛrsi] 巴西里	la coriandre [la kɔrjɑ̃dr] 香菜	le cumin [lə kymɛ̃] 孜然
le curry [lə kyri] 咖哩	l'estragon [lɛstragɔ̃] 龍蒿	le fenouil [lə fənuj] 茴香
la feuille de laurier [la fœj də lɔrje] 月桂葉	le romarin [lə rɔmarɛ̃] 迷迭香	le thym [lə tɛ̃] 百里香
le safran [lə safrɑ̃] 番紅花		

▶▶ 醬料

la sauce [la sos] 醬汁	**le vinaigre** [lə vinɛgr] 醋	**le vinaigre balsamique** [lə vinɛgr balzamik] 巴薩米可醋
l'huile d'olive [lɥil dɔliv] 橄欖油	**la mayonnaise** [la majɔnɛz] 美乃滋	**la moutarde** [la mutard] 芥末醬
le wasabi [lə wazabi] 日式芥末醬	**le ketchup** [lə kɛtʃœp] 番茄醬	

▶▶ 飲食方式

le régime sans cholestérol [lə reʒim sɑ̃ kɔlɛsterɔl] 無膽固醇食譜	**le régime pauvre en sel** [lə reʒim povr ɑ̃ sɛl] 低鹽食譜
le régime végétarien [lə reʒim veʒetarjɛ̃] 素食食譜	**le végétalisme** [lə veʒetalism] 純素食主義食譜

▶▶ 烹飪方式

les modes de cuisson
[le mɔd də kɥisɔ̃]
烹飪方式

couper
[kupe]
切

émincer
[emɛ̃se]
切成薄片

casser
[kɑse]
敲碎外殼

enlever
[ɑ̃lve]
去籽、除去蒂頭

éplucher
[eplyʃe]
削皮

peler
[pəle]
剝皮

râper
[rɑpe]
磨成絲

piler
[pile]
搗碎

mariner
[marine]
醃泡

saler
[sale]
灑鹽、鹽漬

poivrer
[pwavre]
灑胡椒

mélanger
[melɑ̃ʒe]
混合

battre
[batr]
攪拌、攪打

remuer
[rəmɥe]
攪拌均勻、翻動

blanchir
[blɑ̃ʃir]
汆燙

cuire à l'eau
[kɥir a lo]
水煮

cuire à la vapeur
[kɥir a la vapœr]
蒸煮

cuire au bain-marie
[kɥir o bɛ̃mari]
隔水加熱

braiser
[brɛze]
燜煮

mijoter
[miʒɔte]
燉

sauter
[sote]
煎

frire
[frir]
炸

préchauffer	rôtir	griller
[preʃofe]	[rɔtir]	[grije]
預熱	烘烤	架烤、鐵板烤

▶▶ **餐具**

les couverts

[le kuvɛr]

餐具

l'assiette creuse

[lasjɛt krøz]

湯盤

l'assiette plate	la fourchette	le couteau
[lasjɛt plat]	[la furʃɛt]	[lə kuto]
平盤	叉	刀

la cuillère	la cuillère à soupe	la cuillère à café
[la kɥijɛr]	[la kɥijɛr a sup]	[la kɥijɛr a kafe]
湯匙	湯匙	咖啡匙

▶▶ 廚房用品

la bouilloire [la bujwar] 熱水壺	**la cuisine** [la kɥizin] 廚房	**le batteur électrique** [lə batœr elɛktrik] 電動攪拌器
le four [lə fur] 烤箱	**la casserole** [la kasrɔl] 深鍋	**la poêle** [la pwal] 平底鍋
la spatule [la spatyl] 鏟子、刮刀	**la friteuse** [la fritøz] 油炸機	**le gant de cuisine** [lə gɑ̃ də kɥizin] 廚房用手套
le grille-pain [lə grijpɛ̃] 烤麵包機	**le micro-ondes** [lə mikroɔ̃d] 微波爐	**le mug** [lə mœg] 馬克杯
le tire-bouchon [lə tirbuʃɔ̃] 開瓶器	**le réfrigérateur** [lə refriʒeratœr] 冰箱	**le frigo** [lə frigo] 冰箱
la cafetière [la kaftjɛr] 咖啡機	**la théière** [la tejɛr] 茶壺	**le sopalin** [lə sɔpalɛ̃] 廚房用紙

商店／逛街

🪗 尋找商店

1. Pouvez-vous me dire où se trouve le supermarché?

   [puvevu mə dir u sə truv lə sypɛrmarʃe]

   請問超市在哪裡？

2. Est-ce que vous savez où est le centre commercial?

   [ɛskə vu save u ɛ lə sãtr kɔmɛrsjal]

   請問您知道購物中心在哪裡嗎？

3. Est-ce qu'il y a une librairie près d'ici?

   [ɛs ki li ja yn librɛri prɛ disi]

   請問這附近有書店嗎？

🪗 顧客與店員的對話

會話 1

Savez-vous où sont les boissons?

[savevu u sõ le bwasõ]

請問您知道哪裡有賣飲料嗎？

C'est au fond du grand magasin.

[sɛ to fõ dy grã magazɛ̃]

在百貨公司的另一頭。

Est-ce que vous savez où est le centre commercial?

[ɛskə vu save u ɛ lə sɑ̃tr kɔmɛrsjal]

請問您知道購物中心在哪裡嗎？

 Je suis désolé, je ne sais pas. Je ne suis pas du quartier.

[ʒə sɥi dezɔle ʒə nə sɛ pa ʒə nə sɥi pa dy kartje]

很抱歉，我不知道。我不是本地人。

 Où est-ce que je peux trouver les fruits et les légumes?

[u ɛskə ʒə pø truve le frɥi e le legym]

請問蔬菜和水果在什麼地方？

 Deuxième rayon à gauche.

[døzjɛm rɛʒɔ̃ a goʃ]

左邊第二區。

Le rayon lingerie, s'il vous plaît?　　請問內衣區在哪裡？

[lə rɛjɔ̃ lɛ̃ʒri sil vu plɛ]

 À ma connaissance, il n'y en a pas dans ce supermarché.　　據我所知，這家超市裡沒有賣。

[a ma kɔnɛsɑ̃s il ni jã pa dã sə sypɛrmarʃe]

主要說明文字

1. Magasin ouvert de 10h à 21h.　　商店從十點營業到二十一點。

   [magazɛ̃ uvɛr də di sœr a vɛ̃teœ̃ nœr]

2. Fermé le lundi.　　星期一公休。

   [fɛrme lə lœ̃di]

3. À consommer avant le ...　　有效期限至……

   [a kɔ̃sɔme avã lə]

4. Les disques ne sont ni repris ni échangés.　　光碟不接受退換。

   [le disk nə sɔ̃ ni rəpriz ni eʃãʒe]

5. La maison n'accepte pas les chèques.　　本店不收支票。

   [la mɛzɔ̃ naksɛpt pa le ʃɛk]

🪗 尋找商品

1. Je voudrais un paquet de farine, s'il vous plaît.

   [ʒə vudrɛ œ̃ pakɛ də farin sil vu plɛ]

   我想買一包麵粉。

2. Je voudrais une bouteille d'eau, s'il vous plaît.

   [ʒə vudrɛ yn butɛj do sil vu plɛ]

   我想買一瓶水。

3. Est-ce que vous avez des enveloppes?

   [ɛskə vu zave de zɑ̃vlɔp]

   請問您有信封嗎？

4. Avez-vous des timbres fiscaux?

   [avevu de tɛ̃br fisko]

   請問您有印花稅票嗎？

5. Le plein, s'il vous plaît.

   [lə plɛ̃ sil vu plɛ]

   請加滿，謝謝。

🪗 詢問店員

1. C'est en quelle matière?

   [sɛ tɑ̃ kɛl matjɛr]

   這是什麼材質的？

2. Quel est ce cuir?

   [kɛlɛ sə kɥir]

   這是什麼皮革呢？

3. À quoi ça sert?

   [a kwa sa sɛr]

   這是用來做什麼的？

4. Est-ce que c'est étanche?

   [ɛskə sɛ tetɑ̃ʃ]

   防水嗎？

5. Est-ce que c'est utilisable à Taïwan?

[ɛskə sɛ ytilizabl a tajwan]

這在台灣能用嗎？

6. Est-ce que c'est pour les femmes?

[ɛskə sɛ pur le fam]

這是女用的嗎？

7. Est-ce que c'est échangeable?

[ɛskə sɛ teʃɑ̃ʒabl]

可以換貨嗎？

瀏覽商品

1. Est-ce que vous pouvez me montrer le sac qui est là-bas?

[ɛskə vu puve mə mõtre lə sak ki ɛ laba]

可以讓我看一下那邊那個包包嗎？

2. Je voudrais voir la robe qui est dans la vitrine.

[ʒə vudrɛ vwar la rɔb ki ɛ dɑ̃ la vitrin]

我想看一下櫥窗裡的那件洋裝。

3. Je voudrais voir l'appareil photo à gauche.

[ʒə vudrɛ vwar laparɛj foto a goʃ]

我想看一下左邊那台相機。

4. Avez-vous d'autres couleurs pour ce modèle?

[avevu dotr kulœr pur sə mɔdɛl]

這個款式還有別的顏色嗎？

缺貨

1. Savez-vous où je pourrais en trouver?

   [savevu u ʒə purɛ ã truve]

   請問您知道我還能在哪裡找到這款商品嗎?

2. Est-ce que vous savez quand vous allez en recevoir?

   [ɛskə vu save kã vu zale ã rəsəvwar]

   請問您知道什麼時候會到貨嗎?

3. Vous ne savez pas qui en vend dans le quartier?

   [vu nə save pa ki ã vã dã lə kartje]

   您知道附近哪裡有販售這款產品嗎?

預訂

會話

 Je voudrais réserver un poulet fermier.

[ʒə vudrɛ rezɛrve yn pulɛ fɛrmje]

我想預約一隻放養雞。

 Vous le voulez pour quand?

[vu lə vule pur kã]

您什麼時候要?

 Pourriez-vous me l'avoir pour lundi prochain?

[purjevu mə lavwar pur lœdi prɔʃɛ̃]

下禮拜一能拿到嗎?

 Pas de problème.

[pa də prɔblɛm]

沒問題。

取貨

 Je viens chercher ma commande.
[ʒə vjɛ̃ ʃɛrʃe ma kɔmɑ̃d]

我來取貨。

 C'est à quel nom?
[sɛ ta kɛl nõ]

是用什麼名字預訂的？

 Monsieur Martin.
[məsjø martɛ̃]

馬丁先生。

 Vous avez le bon de commande?
[vu zave lə bõ də kɔmɑ̃d]

您有預購單嗎？

 Oui, tenez.
[wi təne]

有，請看。

 商品與預定的有出入

 Ça ira quand même?
[sa ira kɑ̃ mɛm]

這樣可以嗎？

 C'est bon, je le prends quand même.
[sɛ bõ ʒə lə prɑ̃ kɑ̃ mɛm]

可以，我還是要買（這項商品）。

Cela vous convient?　　　　這樣您可以嗎？
[səla vu kɔ̃vjɛ̃]

 Désolé, ça ne me convient pas.　　對不起，我不滿意。
[dezɔle sa nə mə kɔ̃vjɛ̃ pa]

🪗 詢問價格

1. C'est combien?　　　　多少錢？
   [sɛ kɔ̃bjɛ̃]

2. Ça fait combien?　　　　多少錢？
   [sa fɛ kɔ̃bjɛ̃]

3. Quel est le prix de ce pantalon?　　這件褲子多少錢？
   [kɛlɛ lə pri də sə pɑ̃talɔ̃]

4. Vous pourriez me dire le prix de ce tableau?　　請問可以告訴我這幅畫的價格嗎？
   [vu purje mə dir lə pri də sə tablo]

5. Combien est-ce que cela coûte?　　多少錢？
   [kɔ̃bjɛ̃ ɛskə səla kut]

6. Vous n'avez pas moins cher?　　您沒有便宜點的嗎？
   [vu nave pa mwɛ̃ ʃɛr]

7. C'est trop cher.

   [sɛ tro ʃɛr]
   太貴了。

8. Pourriez-vous me faire une remise?

   [purjevu mə fɛr yn rəmiz]
   可以幫我打折嗎？

做決定

Pour accepter 接受

1. C'est d'accord.

   [sɛ dakɔr]
   好，OK。

2. Je prends celui-là.

   [ʒə prã səlɥila]
   我要買這個。

3. Vous pouvez me le livrer?

   [vu puve mə lə livre]
   可以幫我送貨嗎？

會話 1

 Ce sera tout?

[sə səra tu]
就這些嗎？

 C'est tout, merci.

[sɛ tu mɛrsi]
就這些，謝謝。

Et avec ça?
[e avɛk sa]

還需要什麼嗎？

 Ce sera tout.
[sə səra tu]

就這些。

Pour refuser 拒絕

1. Je vais réfléchir.
   [ʒə vɛ refleʃir]

   我考慮一下。

2. Je regarde.
   [ʒə rəgard]

   我看看。

付款

1. Je vous dois combien?
   [ʒə vu dwa kɔ̃bjɛ̃]

   我應該付您多少錢？

2. Il y a une réduction pour les étudiants?
   [i li ja yn redyksjɔ̃ pur le zetydjã]

   學生有優惠嗎？

3. Est-ce que vous acceptez les chèques?
   [ɛskə vu zaksɛpte le ʃɛk]

   您收支票嗎？

4. Je peux payer avec une carte de crédit?
   [ʒə pø pɛje avɛk yn kart də kredi]

   我可以用信用卡支付嗎？

5. **Vous prenez la carte bleue?**

   [vu prəne la kart blø]

   可以刷銀行卡嗎？

6. **Est-ce que je peux payer en plusieurs mensualités?**

   [ɛskə ʒə pø pɛje ã plyzjœr mãsɥalite]

   請問我可以分期付款嗎？

會話

 Ça fait combien?

[sa fɛ kõbjɛ̃]

多少錢？

 Ça vous fera 30 euros. Je vous fais un reçu?

[sa vu fəra trã tøro ʒə vu fɛ œ̃ rəsy]

30 歐元。您要收據嗎？

 Oui, merci beaucoup.

[wi mɛrsi buko]

好的，謝謝。

找錯錢

1. **Excusez-moi, je crois qu'il y a une erreur.**

   [ɛkskyzemwa ʒə krwa ki li ja ynɛrœr]

   對不起，我想您搞錯了。

2. **Vous vous êtes trompé dans la monnaie.**

   [vu vu zɛt trõpe dã la mɔnɛ]

   您找錯錢了。

3. Vous avez oublié de me rendre la monnaie.

[vu zave ublije də mə rãdr la mɔnɛ]

您忘記找我錢了。

 投訴

1. Il y a un petit problème.

[i li ja œ̃ pəti prɔblɛm]

有點問題。

2. J'ai une réclamation à faire.

[ʒɛ yn reklamasjɔ̃ a fɛr]

我要投訴。

3. J'aimerais avoir des explications.

[ʒɛmrɛ avwar de zɛksplikasjɔ̃]

請解釋給我聽。

會話 1

 Ça fait un bruit bizarre. Je suis mécontent de votre produit.

[sa fɛ œ̃ brɥi bizar ʒə sɥi mekɔ̃tã də vɔtr prɔdɥi]

它發出奇怪的聲音。我對你們的產品很不滿意。

Je vais voir ce que je peux faire pour vous.

[ʒə vɛ vwar sə kə ʒə pø fɛr pur vu]

我看看能為您做些什麼。

Ça ne marche plus.　　　　　　它不能用。

[sa nə marʃ ply]

 Pouvez-vous me montrer la facture?　　　　　　您能出示發票嗎？

[puvevu mə mõtre la faktyr]

店家可能會這麼說：

4. Nous allons trouver une solution.　　　　　　我們會找到解決辦法的。

[nu zalõ truve yn sɔlysjõ]

5. Désolé, cet appareil n'est plus sous garantie.　　　　　　很抱歉，這台機器已經過保固期了。

[dezole sɛ taparɛj nɛ ply su garãti]

🪗單字充電站

▶ **各類商店**

le bazar	le grand magasin	le centre commercial
[lə bazar]	[lə grã magazɛ̃]	[lə sãtr kɔmɛrsjal]
商場	百貨公司	購物中心

le supermarché	la supérette	l'épicerie
[lə sypɛrmarʃe]	[la sypɛrɛt]	[lepisri]
超市	小超市	雜貨店

la boucherie [la buʃri] 肉店	**la charcuterie** [la ʃarkytri] 熟食店	**la poissonnerie** [la pwasɔnri] 魚店
la fromagerie [la frɔmaʒri] 乳酪店	**la boulangerie** [la bulɑ̃ʒri] 麵包店	**la pâtisserie** [la pɑtisri] 甜點店

la confiserie
[la kɔ̃fizri]
糖果店

le marchand de vin
[lə marʃɑ̃ də vɛ̃]
酒類零售店

le salon de thé oriental [lə salɔ̃ də te ɔrjɑ̃tal] 東方茶沙龍	**le fleuriste** [lə flœrist] 花店	**la bijouterie** [la biʒutri] 珠寶店
l'antiquaire [lɑ̃tikɛr] 古董店	**la mercerie** [la mɛrsəri] 裁縫用品店	**la maroquinerie** [la marɔkinri] 皮具店

le kiosque à journaux
[lə kjɔsk a ʒurno]
書報攤

le vendeur de cartes postales
[lə vɑ̃dœr də kart pɔstal]
明信片店

le magasin de musique
[lə magazɛ̃ də myzik]
影音產品店

le magasin de jouets
[lə magazɛ̃ də ʒwɛ]
玩具店

la cordonnerie [la kɔrdɔnri] 鞋店	**le magasin de sport** [lə magazɛ̃ də spɔr] 運動用品店	**l'opticien** [lɔptisjɛ̃] 眼鏡行
la pharmacie [la farmasi] 藥局	**l'agence immobilière** [laʒɑ̃s imɔbiljɛr] 房屋仲介公司	

▶ **首飾配件**

la parure [la paryr] 首飾	**le bijou** [lə biʒu] 珠寶	**la bague** [la bag] 戒指
le collier [lə kɔlje] 項鍊	**le bracelet** [lə braslɛ] 手鍊 	**le pendentif** [lə pɑ̃dɑ̃tif] 項墜
les boucles d'oreilles [le bukl dɔrɛj] 耳環	**la perle** [la pɛrl] 珍珠	**la pierre précieuse** [la pjɛr presjøz] 寶石
la broche [la brɔʃ] 胸針	**l'épingle de cravate** [lepɛ̃gl də kravat] 領帶夾	**le coffret à bijoux** [lə kɔfrɛ a biʒu] 首飾盒

les lunettes de soleil
[le lynɛt də sɔlɛj]
太陽眼鏡

le sac à main
[lə saka mɛ̃]
手提包

▶▶ 紀念品

le souvenir
[lə suvnir]
紀念品

la miniature
[la minjatyr]
微縮模型

la plaque de porte
[la plak də pɔrt]
門牌

le poster
[lə pɔstɛr]
海報

le magnet
[lə maɲɛ]
磁鐵

la plaque de rue
[la plak də ry]
路牌

la boule de neige en verre
[la bul də nɛʒ ɑ̃ vɛr]
水晶雪球

la boîte à musique
[la bwat a myzik]
音樂盒

le buste
[lə byst]
人物半身像

la figurine
[la figyrin]
小雕像

les herbes de Provence
[le zɛrb də prɔvɑ̃s]
普羅旺斯香草

le parfum
[lə parfœ̃]
香水

le savon
[lə savɔ̃]
香皂

les sels de bain
[le sɛl də bɛ̃]
浴鹽

les huiles
essentielles
[le zɥil esɑ̃sjɛl]
精油

la bougie
[la buʒi]
蠟燭

le diffuseur
[lə difyzœr]
薰香爐

▶ 衣服

les vêtements
[le vɛtmɑ̃]
衣服

le jean
[lə dʒin]
牛仔褲

le polo
[lə pɔlo]
POLO 衫

le T-shirt
[lə tiʃœrt]
T 恤

la chemise
[la ʃəmiz]
男襯衫

la chemisette
[la ʃəmizɛt]
短袖襯衫

le pull
[lə pyl]
針織衫

le pull à col rond
[lə pyl a kɔl rɔ̃]
圓領針織衫

le pull à col en V
[lə pyl a kɔl ɑ̃ ve]
V 領針織衫

le sweat
[lə swɛt]
厚絨套頭運動衫

le pantalon
[lə pɑ̃talɔ̃]
長褲

le pantacourt
[lə pɑ̃takur]
及膝短褲

le short
[lə ʃɔrt]
短褲

la veste
[la vɛst]
上衣

le blouson
[lə bluzɔ̃]
夾克

la blouse
[la bluz]
女裝上衣

le chemisier
[lə ʃəmizje]
女襯衫

le top	le gilet à capuche	la jupe
[lə tɔp]	[lə ʒilɛ a kapyʃ]	[la ʒyp]
短版女上衣	連帽外套	裙子

la mini-jupe	la robe	le maillot de bain
[la miniʒyp]	[la rɔb]	[lə majo də bɛ̃]
迷你裙	洋裝	泳衣、泳褲

le maillot deux-pièces	le débardeur
[lə majo døpjɛs]	[lə debardœr]
兩件式泳衣	背心

le caleçon	le slip	le pyjama
[lə kalsɔ̃]	[lə slip]	[lə piʒama]
平口內褲	內褲	睡衣

les leggings	les leggings courts
[lə legiŋs]	[lə legiŋs kur]
九分緊身褲	七分緊身褲

▶▶ 鞋帽配件

les tongs	les sandales	les baskets
[le tɔg]	[le sɑ̃dal]	[le baskɛt]
人字拖	涼鞋	籃球鞋

les chaussures de foot	les bottes
[le ʃosyr də fut]	[le bɔt]
足球鞋	靴子

les mocassins	les ballerines	les chaussettes
[le mɔkasɛ̃]	[le balrin]	[le ʃosɛt]
莫卡辛便鞋	平底便鞋	襪子

la ceinture [la sɛ̃tyr] 腰帶	la cravate [la kravat] 領帶	l'écharpe [leʃarp] 圍巾，披肩
le chapeau [lə ʃapo] 帽子	la casquette [la kaskɛt] 鴨舌帽	les gants [le gɑ̃] 手套
les bretelles [le brətɛl] 背帶	le foulard [lə fular] 圍巾	le bob [lə bɔb] 漁夫帽
le cabas [lə kabɑ] 草編手提包	le parapluie [lə paraplɥi] 雨傘	le sac à dos [lə saka do] 背包

▶ 布料

le coton [lə kɔtɔ̃] 棉	la soie [la swa] 絲	la laine [la lɛn] 羊毛
le cachemire [lə kaʃmir] 喀什米爾羊毛	le lin [lə lɛ̃] 亞麻	

▶ 花色

le tissu à motifs [lə tisy a mɔtif] 花色布料	la couleur unie [la kulœr yni] 純色	

le tissu imprimé
[lə tisy ɛ̃prime]
印花布料

le tissu quadrillé
[lə tisy kadrije]
格子布料

le motif à carreaux
[lə motif a karo]
格紋

le motif à étoiles
[lə motif a etwal]
星形花紋

le motif à pois
[lə motif a pwa]
圓點花紋

le motif à rayures
[lə motif a rejyr]
條紋

le motif à cœurs
[lə motif a kœr]
心形花紋

le motif à fleurs
[lə motif a flœr]
花朵花紋

le motif à marguerites
[lə motif a margərit]
雛菊花紋

le motif géométrique
[lə motif ʒeometrik]
幾何花紋

▶▶ 服飾類別

les vêtements pour femme
[le vɛtmɑ̃ pur fam]
女裝

les vêtements pour homme
[le vɛtmɑ̃ pur ɔm]
男裝

les vêtements pour enfant
[le vɛtmɑ̃ pur ɑ̃fɑ̃]
童裝

les vêtements pour bébé
[le vɛtmɑ̃ pur bebe]
嬰兒服

▶▶ 衣袖／衣領

les manches
[le mɑ̃ʃ]
衣袖

les manches longues
[le mɑ̃ʃ lɔ̃g]
長袖

les manches courtes
[le mɑ̃ʃ kurt]
短袖

les manches mi-longues
[le mɑ̃ʃ milɔ̃g]
半袖

sans manches
[sɑ̃ mɑ̃ʃ]
無袖

le col
[lə kɔl]
衣領

le col rond
[lə kɔl rɔ̃]
圓領

le col en V
[lə kɔl ɑ̃ ve]
V 領

電器用品

▶▶ 美容美髮美體

la brosse à dents électrique
[la brɔs a dɑ̃ elɛktrik]
電動牙刷

le sèche-cheveux
[lə sɛʃəvø]
吹風機

l'épilateur
[lepilatœr]
除毛器

le rasoir électrique
[lə razwar elɛktrik]
電動剃鬚刀

la tondeuse
[la tɔ̃døz]
剪髮器

le pèse-personne
[lə pɛzpɛrsɔn]
體重計

▶▶ 廚房電器

le robot
[lə rɔbo]
廚房攪拌機

le gril
[lə gril]
烤盤

le presse-fruits
[lə prɛsfrɥi]
水果榨汁機

la crêpière
[la krɛpjɛr]
薄餅機

le cuit-vapeur
[lə kɥivapœr]
蒸籠

la bouilloire
[la bujwar]
電熱水壺

le gaufrier
[lə gofrije]
格子鬆餅機

la machine à popcorn
[la maʃin a pɔpkɔrn]
爆米花機

la balance
[la balɑ̃s]
廚房秤

la machine à pain
[la maʃin a pɛ̃]
烤麵包機

la yaourtière
[la jaurtjɛr]
優酪乳機

la trancheuse
[la trɑ̃ʃøz]
切片機

le batteur-mixeur
[lə batœrmiksœr]
攪拌器

le mini-hachoir
[lə miniaʃwar]
迷你食物調理機

le moulin à café
[lə mulɛ̃ a kafe]
磨豆器

le cuit œuf
[lə kɥi tœf]
煮蛋器

la cave à vin
[la kav a vɛ̃]
葡萄酒儲藏櫃

le congélateur
[lə kɔ̃ʒelatœr]
冰櫃

la machine à expresso
[la maʃin a ɛkspreso]
濃縮咖啡機

▶ 小家電

le lecteur DVD
[lə lɛktœr devede]
DVD 播放器

l'écran plasma
[lekrɑ̃ plasma]
電漿電視

le téléviseur LCD
[lə televizœr ɛlsede]
LCD 電視

le magnétoscope
[lə maɲetɔskɔp]
錄影機

le vidéoprojecteur
[lə videoprɔʒɛktœr]
投影機

l'ensemble home cinéma
[lɑ̃sɑ̃bl om sinema]
家庭劇院

la télécommande
[la telekɔmɑ̃d]
遙控器

la machine à laver
[la maʃin a lave]
洗衣機

le sèche-linge
[lə sɛʃlɛ̃ʒ]
烘衣機

le fer à repasser
[lə fɛr a rəpase]
熨斗

la machine à coudre
[la maʃin a kudr]
縫紉機

l'humidificateur
[lymidifikatœr]
加濕器

le ventilateur
[lə vɑ̃tilatœr]
電風扇

le climatiseur
[lə klimatizœr]
空調

le baladeur
[lə baladœr]
隨身聽

les écouteurs
[le zekutœr]
耳機

la mini-chaîne
[la miniʃɛn]
迷你音響

le radio-réveil
[lə radjorevɛj]
收音機鬧鐘

la radio portable
[la radjo pɔrtabl]
攜帶式收音機

les enceintes
[le zɑ̃sɛ̃t]
音響

le téléphone
[lə telefɔn]
電話

le téléphone
portable
[lə telefɔn pɔrtabl]
手機

le microphone
[lə mikrofɔn]
麥克風

le télécopieur
[lə telekɔpjœr]
傳真機

la pile
[la pil]
乾電池

la batterie
[la batri]
鋰電池

le chargeur
[lə ʃarʒœr]
充電器

le haut-parleur
[lə oparlœr]
擴音器

la cassette
[la kasɛt]
錄音帶

le disque
[lə disk]
碟片

▶▶ 相機相關

développer
[devlɔpe]
沖洗

agrandir
[agrɑ̃dir]
放大

l'appareil photo
[laparɛj foto]
相機

l'appareil photo
numérique
[laparɛj foto nymerik]
數位相機

la caméra
[la kamera]
攝影機

la pellicule
[la pelikyl]
底片

le diaphragme
[lə djafragm]
光圈

l'obturateur
[lɔptyratœr]
快門

l'objectif
[lɔbʒɛktif]
鏡頭

la distance focale [la distɑ̃s fɔkal] 焦距	la pellicule noir et blanc [la pelikyl nwar e blɑ̃] 黑白底片	la pellicule en couleur [la pelikyl ɑ̃ kulœr] 彩色底片

▶▶ 鐘錶

l'horloge [ɔrlɔʒ] 鐘	la montre [la mɔ̃tr] 錶	la pendule [la pɑ̃dyl] 掛鐘，座鐘
la montre mécanique [la mɔ̃tr mekanik] 機械手錶	la montre automatique [la mɔ̃tr otɔmatik] 自動手錶	le réveil [lə revɛj] 鬧鐘

la montre à quartz [la mɔ̃tr a kwarts] 石英手錶

▶▶ 手機相關

la sonnerie [la sɔnri] 來電鈴聲	le vibreur [lə vibrœr] 震動	le mode silencieux [lə mɔd silɑ̃sjø] 靜音模式
le mode avion [lə mɔd avjɔ̃] 飛航模式	le SMS [lə ɛsɛmɛs] 簡訊	le MMS [lə mɛmɛs] 多媒體訊息

le message vocal
[lə mesaʒ vɔkal]
語音訊息

le calendrier
[lə kalɑ̃drije]
日曆

le rappel
[lə rapɛl]
提醒

le verrouillage
[lə vɛrujaʒ]
鎖定

le clavier
[lə klavje]
鍵盤

le fond d'écran
[lə fɔ̃ dekrɑ̃]
手機背景

le stockage
[lə stɔkaʒ]
儲存空間

le Bluetooth
[lə blutuz]
藍芽

le renvoi d'appel
[lə rɑ̃vwa dapɛl]
來電轉接

la carte SIM
[la kart sim]
SIM 卡

le volume de la sonnerie
[lə vɔlym də la sɔnri]
來電鈴聲音量

le code
[lə kɔd]
密碼

l'affichage
[lafiʃaʒ]
顯示

▶ 化妝品保養品

les produits de beauté
[le prɔdɥi də bote]
化妝品

le gel nettoyant
[lə ʒɛl nɛtwajɑ̃]
潔顏凝露

l'eau
démaquillante
[lo demakijɑ̃t]
卸妝水

la crème
démaquillante
[la krɛm demakijɑ̃t]
卸妝乳

la lingette
démaquillante
[la lɛ̃ʒɛt demakijɑ̃t]
卸妝濕紙巾

la lotion
[la losjɔ̃]
化妝水

l'eau tonique
[lo tɔnik]
爽膚水

le soin contour des yeux
[lə swɛ̃ kɔ̃tur de zjø]
眼霜

le soin des lèvres
[lə swɛ̃ de lɛvr]
護唇膏

la crème pour les mains
[la krɛm pur le mɛ̃]
護手霜

la crème pour les pieds
[la krɛm pur le pje]
護足霜

la crème hydratante
[la krɛm idratɑ̃t]
保濕霜

le lait corporel
[lə lɛ kɔrpɔrɛl]
身體乳液

le gel intime
[lə ʒɛl ɛ̃tim]
女性護理凝露

le gel douche
[lə ʒɛl duʃ]
沐浴露

le shampooing
[lə ʃɑpwɛ̃]
洗髮精

le rouge à lèvres
[lə ruʒ a lɛvr]
口紅

le fard
[lə far]
腮紅

le mascara
[lə maskara]
睫毛膏

le fond de teint
[lə fɔ̃ də tɛ̃]
粉底

la poudre libre
[la pudr libr]
蜜粉

la crème solaire
[la krɛm sɔlɛr]
防曬乳

la crème antitache
[la krɛm ɑ̃titaʃ]
祛斑霜

la crème antirides
[la krɛm ɑ̃tirid]
祛皺霜

le savon
[lə savɔ̃]
香皂

le vernis à ongles
[lə vɛrni a ɔ̃gl]
指甲油

la crème de jour
[la krɛm də ʒur]
日霜

la crème de nuit
[la krɛm də nɥi]
晚霜

le gel coiffant
[lə ʒɛl kwafɑ̃]
髮膠

l'ombre à paupières
[lɔ̃br a popjɛr]
眼影

le eye-liner
[lə ɛjlajnœr]
眼線液

le crayon pour les yeux
[lə krɛjɔ̃ pur le zjø]
眼線筆

le brillant à lèvre
[lə brijɑ̃ a lɛvr]
唇彩

le crayon contour des lèvres
[lə krɛjɔ̃ kɔ̃tur de lɛvr]
唇線筆

le lait de toilette
[lə lɛ də twalɛt]
清潔乳

les lingettes biodégradables
[le lɛ̃ʒɛt bjodegradabl]
環保濕紙巾

le gel corps et cheveux
[lə ʒɛl kɔr e ʃəvø]
洗髮沐浴露

le déodorant
[lə deodorɑ̃]
體香劑

l'eau nettoyante
[lo nɛtwajɑ̃t]
潔膚水

l'eau nettoyante sans rinçage
[lo nɛtwajɑ̃t sɑ̃ rɛ̃saʒ]
免沖潔膚水

le lait nettoyant sans rinçage
[lə lɛ nɛtwajɑ̃ sɑ̃ rɛ̃saʒ]
免沖潔膚乳

le dentifrice

[lə dɑ̃tifris]

牙膏

le dentifrice au fluor

[lə dɑ̃tifris o flyɔr]

含氟牙膏

le shampooing deux en un

[lə ʃɑ̃pwɛ̃ dø ɑ̃ œ̃]

洗護二合一洗髮精

le shampooing neutre

[lə ʃɑ̃pwɛ̃ nøtr]

平衡洗髮精

le shampooing cheveux
secs

[lə ʃɑ̃pwɛ̃ ʃəvø sɛk]

乾性髮質用洗髮精

le shampooing cheveux
colorés

[lə ʃɑ̃pwɛ̃ ʃəvø kɔlore]

染髮用洗髮精

le shampooing antipelliculaire

[lə ʃɑ̃pwɛ̃ ɑ̃tipelikylɛr]

去屑洗髮精

l'après-shampooing

[laprɛʃɑ̃pwɛ̃]

潤絲精

le gel lavant main

[lə ʒɛl lavɑ̃ mɛ̃]

洗手乳

la mousse
à raser

[la mus a raze]

刮鬍泡

le gel douche deux en un

[lə ʒɛl duʃ dø ɑ̃ œ̃]

二合一沐浴露

la perruque

[la pɛryk]

假髮

le gel douche sans savon

[lə ʒɛl duʃ sɑ̃ savɔ̃]

無皂鹼沐浴露

▶▶ 文具用品

le tableau noir
[lə tablo nwar]
黑板

le crayon
[lə krɛjɔ̃]
鉛筆

la craie
[la krɛ]
粉筆

la craie grasse
[la krɛ gras]
蠟筆

le crayon de couleur
[lə krɛjɔ̃ də kulœr]
色鉛筆

le feutre
[lə føtr]
彩色筆

le stylo
[lə stilo]
鋼筆

le stylo à bille
[lə stilo a bij]
圓珠筆

le rouleau de scotch
[lə rulo də skotʃ]
透明膠帶

les ciseaux
[le sizo]
剪刀

la gomme
[la gɔm]
膠水

le cahier
[lə kaje]
筆記本

le classeur
[lə klasœr]
文件夾

la trousse
[la trus]
筆袋

le cartable
[lə kartabl]
書包

le compas
[lə kɔ̃pa]
圓規

la règle
[la rɛgl]
直尺

la colle
[la kɔl]
膠水

le bâton de colle
[lə batɔ̃ də kɔl]
口紅膠

le taille-crayon
[lə tajkrɛjɔ̃]
削筆器

l'agrafeuse
[lagraføz]
釘書機

l'encre
[lɑ̃kr]
墨水

l'enveloppe
[lɑ̃vlɔp]
信封

▶▶ 書報雜誌

le livre
[lə livr]
書

la revue
[la rəvy]
雜誌

le roman
[lə rɔmɑ̃]
小說

le dictionnaire
[lə diksjɔnɛr]
字典，詞典

le dictionnaire français-chinois
[lə diksjɔnɛr frɑ̃sɛʃinwa]
法漢詞典

le dictionnaire chinois-français
[lə diksjɔnɛr ʃinwafrɑ̃sɛ]
漢法詞典

l'encyclopédie
[lɑ̃siklɔpedi]
百科全書

le journal
[lə ʒurnal]
報紙

la carte
[la kart]
地圖

▶▶ 日用品

le coupe-ongles
[lə kupɔ̃gl]
指甲剪

la serviette
[la sɛrvjɛt]
毛巾

le drap de bain
[lə dra də bɛ̃]
浴巾

le mouchoir
[lə muʃwar]
手帕

le mouchoir en papier
[lə muʃwar ɑ̃ papje]
面紙

la serviette hygiénique
[la sɛrvjɛt iʒjenik]
衛生棉

la pince à linge
[la pɛ̃s a lɛ̃ʒ]
曬衣夾

le liquide vaisselle
[lə likid vɛsɛl]
洗潔精

la lessive en poudre
[la lɛsiv ɑ̃ pudr]
洗衣粉

la lessive liquide
[la lɛsiv likid]
洗衣精

la javel
[la ʒavɛl]
漂白劑

▶▶ 傢俱

les meubles
[le mœbl]
傢俱

la table à manger
[la tabl a mɑ̃ʒe]
餐桌

la table
[la tabl]
桌子

la chaise
[la ʃɛz]
椅子

le bureau
[lə byro]
辦公桌

les rideaux
[le rido]
窗簾

la commode
[la kɔmɔd]
五斗櫃

le placard
[lə plakar]
櫥櫃

l'étagère
[letaʒɛr]
櫃子（陳列架）

l'armoire
[larmwar]
衣櫥

le range-chaussures
[lə rɑ̃ʒʃosyr]
鞋櫃

le canapé
[lə kanape]
沙發

le lit
[lə li]
床

le coussin
[lə kusɛ̃]
靠墊

Nous sommes à quelle sortie?

029

交通

火車

在火車站內

1. Pour aller à la sortie sud, s'il vous plaît.
   [pur ale a la sɔrti syd sil vu plɛ]
   請問南出口怎麼走？

2. Voulez-vous me donner un horaire?
   [vulevu mə dɔne œ̃ nɔrɛr]
   您可以告訴我時間嗎？

3. À quelle sortie sommes-nous?
   [a kɛl sɔrti sɔmnu]
   我們在哪個出口？

詢問如何買票

1. Où sont les guichets?
   [u sɔ̃ le giʃɛ]
   請問售票處在哪？

2. À quel guichet est-ce qu'on peut acheter un billet pour Paris, s'il vous plaît?
   [a kɛl giʃɛ ɛs kɔ̃ pø aʃte œ̃ bijɛ pur pari sil vu plɛ]
   請問哪個售票窗口能買到去巴黎的火車票？

3. Pourriez-vous me montrer comment utiliser cette borne libre-service?
   [purjevu mə mɔ̃tre kɔmɑ̃ ytilize sɛt bɔrn librəsɛrvis]
   您能夠教我如何使用這台自動售票機嗎？

4. Quel est le tarif d'un billet de train Paris-Toulouse réservé au dernier moment?

[kɛlɛ lə tarif dœ bijɛ də trɛ̃ pari tuluz rezɛrve o dɛrnje mɔmɑ̃]

請問發車前一刻從巴黎到土魯斯的火車票票價是多少？

5. À quelle heure y a-t-il un train pour Besançon?

[a kɛlœr jatil œ̃ trɛ̃ pur bəzɑsɔ̃]

請問幾點有到貝桑松的火車？

6. Vous avez les horaires des trains Paris-Bordeaux?

[vu zave le zɔrɛr de trɛ̃ pari bɔrdo]

請問您有巴黎到波爾多的火車時刻表嗎？

7. Puis-je avoir une réduction avec la carte

[pɥiʒə avwar yn redyksjɔ̃ avɛk la kart]

請問使用學生卡能夠享有折扣嗎？

 買票

 會話

 Je voudrais un billet pour Lyon, s'il vous plaît.

[ʒə vudrɛ œ̃ bijɛ pur ljɔ̃ sil vu plɛ]

麻煩您，我要買一張往里昂的票。

De quelle heure?

[də kɛlœr]

幾點的？

 Je prends le TGV de 12h15 (midi et quart), et je pars le 17 (dix-sept).

[ʒə prɑ̃ lə teʒeve də midi e kar e ʒə par lə disɛt]

我要十二點十五分那班高速列車，我十七號出發。

Aller simple?

[ale sɛ̃pl]

單程票嗎？

 Non, aller-retour, s'il vous plaît.

[nɔ̃ ale rətur sil vu plɛ]

來回票，謝謝。

 En quelle classe?

[ɑ̃ kɛl klas]

幾等座呢？

 Deuxième classe, et je voudrais une place non-fumeurs, côté fenêtre, dans le sens de la marche.

[døzjɛm klas e ʒə vudrɛ yn plas nɔ̃fymœr kote fənɛtr dɑ̃ lə sɑ̃s də la marʃ]

二等座，我想要一個禁菸區、靠窗、正向的座位。

 Voilà vos billets. Le prix total pour un passager est de 150 euros, s'il vous plaît.

[vwala vɔ bijɛ lə pri tɔtal pur œ̃ pasaʒe ɛ də sɑ̃ sɛ̃kɑ̃tøro sil vu plɛ]

這是您的票。一個人是一百五十歐元。

 Merci.

[mɛrsi]

謝謝。

🪗 上車前

1. Où est la borne pour composter?
   [u ɛ la bɔrn pur kɔ̃pɔste]

   請問車票打孔機在哪裡？

2. Sur quelle voie part notre train?
   [syr kɛl vwa par nɔtr trɛ̃]

   我們的火車從哪個月台出發？

3. De quel quai part le train pour Nice?
   [də kɛl ke par lə trɛ̃ pur nis]

   去尼斯的火車從哪個月台出發？

4. Combien de temps dure le trajet?
   [kɔ̃bjɛ̃ də tɑ̃ dyr lə traʒɛ]

   行程總共需要多長時間？

5. Est-ce qu'il y a un service de restauration sur place?
   [ɛs ki li ja œ̃ sɛrvis də rɛstorasjɔ̃ syr plas]

   車上有提供餐飲服務嗎？

6. À quelle heure notre train arrivera-t-il?
   [a kɛlœr nɔtr trɛ̃ arivəratila]

   我們的火車幾點會到？

🪗 詢問如何換車

1. Est-ce que je dois changer de train pour aller à Grenoble?
   [ɛskə ʒə dwa ʃɑ̃ʒe də trɛ̃ pur ale a grenɔbl]

   去格勒諾布爾需要換車嗎？

2. À quelle heure y a-t-il une correspondance pour Lille?
   [a kɛlœr jatil yn kɔrɛspɔ̃dɑ̃s pur lil]

   幾點有開往里耳的接駁車？

Pour aller à Cannes, je dois changer où?

[pur ale a kãn ʒə dwa ʃãʒe u]

去坎城要在哪裡換車？

 À Toulon.

[a tulõ]

要在土倫換車。

🪗 在列車上

1. Cette place est libre?

[sɛt plas ɛ libr]

這是空座嗎？

2. Je cherche la voiture-restaurant.

[ʒə ʃɛrʃ la vwatyr rɛstorã]

我在找餐車。

3. Le train est à l'heure?

[lə trɛ̃ ɛta lœr]

火車會準點到嗎？

4. Est-ce que notre train s'arrête à Toulon?

[ɛskə nɔtr trɛ̃ sarɛt a tulõ]

請問我們的火車有停土倫嗎？

🪗 有問題時

1. J'ai perdu mon billet.

[ʒɛ pɛrdy mõ bijɛ]

我的車票不見了。

2. Est-ce que je pourrais me faire rembourser ce billet?

[ɛskə ʒə purɛ mə fɛr rãburse sə bijɛ]

請問我能夠退這張票嗎？

3. Je me suis trompé de train.

[ʒə mə sɥi trõpe də trɛ̃]

我搞錯火車班次了。

4. J'ai oublié de composter mon billet.

[ʒɛ ublije də kõpɔste mõ bijɛ]

我的車票忘記打票了。

飛機

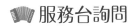 服務台詢問

 Où est le guichet d'Air France?

[o ɛ lə giʃɛ dɛr frãs]

法航的開票櫃檯在哪裡？

 C'est au terminal 1.

[sɛ to tɛrminal œ̃]

在第一航廈。

 預約／改簽

1. J'ai réservé mon billet en ligne.

[ʒɛ rezɛrve mõ bijɛ ã liɲ]

我有在網路上訂票。

2. J'aimerais annuler ma réservation.

[ʒɛmrɛ anyle ma rezɛrvasjõ]

我想要取消我的預訂。

3. Je dois changer ma date de départ.

[ʒə dwa ʃãʒe ma dat də depar]

我要變更出發日期。

4. Je dois reporter mon départ.

[ʒə dwa rəpɔrte mɔ̃ depar]

我要延期出發。

5. Est-ce que je pourrais me faire rembourser mon billet de retour?

[ɛskə ʒə purɛ mə fɛr rãburse mɔ̃ bijɛ də rətur]

我的回程票可以退票嗎？

6. Je voudrais confirmer mon vol.

[ʒə vudrɛ kɔ̃firme mɔ̃ vɔl]

我想要確認一下我的航班。

詢問航班資訊

1. Est-ce que l'avion fait escale à Francfort?

[ɛskə lavjɔ̃ fɛ ɛskal a frãkfɔr]

飛機會在法蘭克福中途停靠嗎？

2. À quelle heure est-ce que je dois être à l'aéroport?

[a kɛlœr ɛskə ʒə dwa ɛtr a laeropɔr]

我應該幾點到機場？

辦理登機手續

1. Où est-ce qu'on enregistre les passagers du vol AF 111 (cent onze) à destination de Paris?

[u ɛs kɔ̃ nãrʒistr le pasaʒe dy vɔl a ɛf sã ɔ̃z a destinasjɔ̃ də pari]

去巴黎的 AF111 號航班，要在哪裡辦理登機手續？

2. Je voudrais une place côté hublot / côté couloir.

[ʒə vudrɛ yn plas kote yblo / kote kulwar]

我想要靠窗／靠走道的座位。

3. Quelle est la franchise de bagages?

[kɛlɛ la frɑ̃ʃiz də bagaʒ]

免費行李的限重是多少？

4. Combien de kilos de bagages puis-je emporter avec moi en cabine?

[kɔ̃bjɛ̃ də kilo də bagaʒ pɥiʒə ɑ̃pɔrte avɛk mwa ɑ̃ kabin]

我可以帶幾公斤的行李登機？

5. Quel est le tarif pour l'excédent de bagages?

[kɛlɛ lə tarif pur lɛksedɑ̃ də bagaʒ]

行李超重的費用怎麼算？

會話

 Veuillez montrer votre billet d'avion et votre passeport, s'il vous plaît.

[vøje mɔ̃tre vɔtr bijɛ davjɔ̃ e vɔtr paspɔr sil vu plɛ]

請出示您的機票和護照。

 Vous avez un seul bagage?

[vu zave œ̃ sœl bagaʒ]

您只有一件行李嗎？

 Oui. Et je voudrais une place côté hublot.

[wi e ʒə vudrɛ yn plas kote yblo]

是的。我想要一個靠窗的座位。

 Voici votre carte d'embarquement et vos talons de bagages.

[vwasi vɔtr kart dɑ̃barkəmɑ̃ e vɔ talɔ̃ də bagaʒ]

這是您的登機牌和行李單。

🪗 登機

1. À quelle heure a lieu l'embarquement?

   [a kɛlœr a ljø lãbarkəmã]

   幾點登機？

2. Où est la porte d'embarquement?

   [u ɛ la pɔrt dãbarkəmã]

   登機口在哪裡？

3. Quel est le numéro de la porte d'embarquement du vol AF 111?

   [kɛlɛ lə nymero də la pɔrt dãbarkəmã dy vɔl aɛf
   sã ɔ̃z]

   航班 AF111 在幾號登機口登機？

在機艙裡

🪗 乘機要求

1. Attachez votre ceinture.

   [ataʃe vɔtr sɛ̃tyr]

   請繫上安全帶。

2. Redressez votre siège.

   [rədrɛse vɔtr sjɛʒ]

   請將座椅靠背直立。

3. Redressez la tablette.

   [rədrɛse la tablɛt]

   請收起小桌子。

4. Vous êtes prié d'éteindre votre téléphone portable/ordinateur portable.

   [vu zɛt prie detɛ̃dr vɔtr telefon pɔrtabl / ɔrdinatœr
   pɔrtabl]

   請關閉您的手機／筆記型電腦。

5. Les toilettes sont libres/occupées.

   [le twalɛt sɔ̃ libr / ɔkype]

   洗手間沒有人／有人。

Quel est votre numéro de siège?　　　您的座位是幾號？
[kɛlɛ vɔtr nymero də sjɛ3]

 9 (neuf) D.　　　9 排 D 座。
[nœf de]

 C'est au fond à droite.　　　在走道盡頭右手邊。
[sɛ to fɔ̃ a drwat]

 Excusez-moi, j'ai un peu froid.　　　抱歉，我有點冷。
[ɛkskyzemwa 3ɛ œ̃ pø frwa]

 Voulez-vous une couverture?　　　您需要毯子嗎？
[vulevu zyn kuvɛrtyr]

 Oui, merci.　　　是的，謝謝。
[wi mɛrsi]

À quelle heure l'avion arrivera à Paris?

[a kɛlœr lavjɔ̃ arivəra a pari]

飛機幾點到巴黎？

 Il arrivera à 6 heure locale. Il y a sept heures de décalage horaire entre Taipei et Paris.

[i larivəra a sizœr lɔkal i li ja sɛ tœr də dekalaʒ ɔrɛr ɑ̃tr tajpɛj e pari]

當地時間 6 點到達。台北和巴黎有 7 個小時的時差。

 Madame, voulez-vous m'apporter une boisson chaude, s'il vous plaît?

[madam vulevu mapɔrte yn bwasɔ̃ ʃod sil vu plɛ]

女士，可以請您幫我拿一杯熱飲嗎？

 Que désirez-vous comme boisson?

[kə dezirevu kɔm bwasɔ̃]

您要什麼飲料？

 Du café, s'il vous plaît.

[dy kafe sil vu plɛ]

咖啡，謝謝。

行李

 會話 1

 C'est bien ici pour récupérer les bagages du vol AF111?

[sɛ bjɛ̃ isi pur rekypere le bagaʒ dy vɔl aɛf sɑ̃ ɔ̃z]

AF111 號航班是在這裡取行李嗎？

 Oui, monsieur.

[wi məsjø]

是的，先生。

 會話 2

 Il me manque un sac. Pourriez-vous faire des recherches, s'il vous plaît?

[il mə mɑ̃k œ̃ sak purjevu fɛr de rəʃɛrʃ sil vu plɛ]

我少了一個包包。請您幫我查一下好嗎？

Pouvez-vous nous décrire votre sac perdu?

[puvevu nu dekrir vɔtr sak pɛrdy]

您可以描述一下遺失的包包嗎？

Il s'agit d'un sac en cuir marron avec deux poignées, fermé par un cadenas.

[il saʒi dœ̃ sak ɑ̃ kɥir marɔ̃ avɛk dø pwɛ̃ɲe fɛrme par œ̃ kadna]

是一個雙把手、帶鎖的深咖啡色皮包。

Qu'est-ce que le sac contient?

[ɛskə lə sak kɔ̃tjɛ̃]

包包裡有什麼？

 Il contient des vêtements et des objets personnels.

[il kɔ̃tjɛ̃ de vɛtmã e de zɔbʒɛ pɛrsɔnɛl]

裡面有衣物和一些個人物品。

搭地鐵

買票

1. Bonjour, monsieur, une carte orange et un coupon mensuel / hebdomadaire 5 (cinq) zones, s'il vous plaît.

[bɔ̃ʒur məsjø yn kart ɔrãʒ e ɶ̃ kupɔ̃ mãsɥɛl / ɛbdɔmadɛr sɛ̃k zon sil vu plɛ]

先生您好，請給我一張橘卡，和一張第五環區的月票／周票。

2. Un ticket de 3 (trois) zones, s'il vous plaît.

[ɶ̃ tikɛ də trwa zon sil vu plɛ]

請給我一張第三環區的地鐵票。

3. Je voudrais acheter un carnet de 3 zones /un ticket de tourisme, s'il vous plaît.

[ʒə vudrɛ aʃte ɶ̃ karnɛ də trwa zon / ɶ̃ tikɛ də turism sil vu plɛ]

我想要買一本第三環區的回數票／一張觀光票。

J'aimerais savoir si la carte orange est valable pour l'autobus?

[ʒɛmrɛ savwar si la kart ɔrɑ̃ʒ ɛ valabl pur lotobys]

請問可以用橘卡搭公車嗎？

 Oui, monsieur. La carte orange est valable non seulement pour le métro, l'autobus, mais aussi pour le train de banlieue.

[wi məsjø la kart ɔrɑ̃ʒ ɛ valabl nɔ̃ sœlmɑ̃ pur lə metro lotobys mɛ osi pur lə trɛ̃ də bɑ̃ljø]

先生，可以。橘卡不只可以搭地鐵和公車，也可以搭郊區火車。

詢問目的地

1. Un plan, s'il vous plaît.

   [œ̃ plɑ̃ sil vu plɛ]

   請給我一張地鐵圖。

2. Où est la station de métro?

   [u ɛ la stasjɔ̃ də metro]

   地鐵站在哪裡？

S'il vous plaît, pour la tour Eiffel, quelle ligne est-ce qu'on doit prendre?

[sil vu plɛ pur la tur ɛifɛl kɛl liɲ ɛs kɔ̃ dwa prãdr]

請問去艾菲爾鐵塔要搭哪條線？

 Vous prenez le RER B, ensuite, à Denfert-Rochereau, prenez la ligne 6, direction Charles de Gaulle-Étoile.

[vu prəne lə ɛrəɛr be ãsɥit a dãfɛr rɔʃəro prəne la liɲ sis dirɛksjɔ̃ ʃarl dəgoletwal]

您可以搭乘 RER（快速鐵路）B 線，然後在丹佛-羅什洛站轉 6 號線，往戴高樂-星形廣場方向。

🪗 列車廣播

1. Terminus, tout le monde descend.

   [tɛrminys tu lə mɔ̃d desã]

   終點站，請所有人下車。

2. Attention à la fermeture des portes.

   [atãsjɔ̃ a la fɛrmətyr de pɔrt]

   （列車）關門時請小心。

3. Attention à la marche en descendant du train.

   [atãsjɔ̃ a la marʃ ã desãdã dy trɛ̃]

   下車請注意台階。

公車

🪗 搭車前

1. Pour la rue Bonaparte, c'est ce bus?

   [pur la ry bɔnapart sɛ sə bys]

   這班車有到波拿巴路嗎？

2. Vous savez où se trouve l'arrêt de l'autobus 92 (quatre-vingt-douze)?

   [vu save u sə truv larɛ də lotobys katrvɛ̃duz]

   您知道 92 號公車的站牌在哪裡嗎？

3. Pour aller au Louvre, quel bus dois-je prendre?

   [pur ale o luvr kɛl bys dwa ʒə prɑ̃dr]

   去羅浮宮應該要搭幾號公車？

4. Où est l'arrêt du bus 275 (deux cent soixante-quinze)?

   [u ɛ larɛ də bys dø sɑ̃ swasɑ̃tkɛ̃z]

   275 號公車的站牌在哪裡？

5. Est-ce la bonne direction pour aller au centre-ville?

   [ɛs la bɔn dirɛksjɔ̃ pur ale o sɑ̃trəvil]

   這是通往市中心的正確方向嗎？

6. S'il vous plaît, où est l'arrêt de retour?

   [sil vu plɛ u ɛ larɛ də rətur]

   請問回程的站牌在哪裡？

🪗 在公車上

1. Deux tickets, s'il vous plaît.

   [dø tikɛ sil vu plɛ]

   （沒有橘卡，想要向司機買票時）兩張車票，謝謝。

2. Pardon, je descends.

[pardɔ̃ ʒə desã]

（對其他乘客說）抱歉，我要下車。

3. Vous descendez?

[vu desãde]

（詢問其他乘客時說）您要下車嗎？

4. La porte, s'il vous plaît.

[la pɔrt sil vu plɛ]

請開門。

5. Il y a combien d'arrêts d'ici à la Gare d'Austerlitz?

[i li ja kɔ̃bjɛ̃ darɛ disi a la gar dɔstɛrliz]

從這裡到奧斯特立茨火車站有幾站？

計程車

🪗 電話叫車

1. Pourriez-vous envoyer un taxi à l'entrée du musée Rodin?

[purjevu ãvwaje œ̃ taksi a lãtre dy myze rɔdɛ̃]

您能叫一輛計程車到羅丹博物館門口嗎？

🪗 説明目的地

1. Pour la Sorbonne, s'il vous plaît.

[pur la sɔrbɔn sil vu plɛ]

請到索邦大學，謝謝。

2. Conduisez-nous à la tour Eiffel, s'il vous plaît.

[kɔ̃dɥize nu a la tur ɛifɛl sil vu plɛ]

請載我們到艾菲爾鐵塔，謝謝。

Où voulez-vous vous rendre, madame?

女士，您要到哪裡？

[u vulevuvu rãdr madam]

 Conduisez-moi à l'hôtel, s'il vous plaît. Voilà l'adresse.

請載我到旅館。這是地址。

[kõdɥize mwa a lotɛl sil vu plɛ vwala ladrɛs]

 ## 和司機對話

1. Pourriez-vous nous déposer ici?

   [purjevu nu depoze isi]

   我們可以在這裡下車嗎？

2. Pourriez-vous aller un peu plus vite? Je suis en retard.

   [purjevu ale œ̃ pø ply vit ʒə sɥi ã rətar]

   您可以開快一點嗎？我遲到了。

3. Voulez-vous conduire moins vite?

   [vulevu kõdɥir mwɛ̃ vit]

   您可以開慢一點嗎？

Est-ce qu'on peut tourner à gauche au prochain feu?

[ɛs kɔ̃ pø turne a goʃ o prɔʃɛ̃ fø]

可以在下一個紅綠燈左轉嗎？

 Non, regardez le panneau, c'est interdit.

[nɔ̃ rəgarde lə pano sɛ tɛ̃tɛrdi]

不行，請看指示牌，禁止左轉。

🪗 到達目的地

1. Arrêtez-vous ici.

   [arɛtevu isi]

   請在這裡停車。

2. C'est là.

   [sɛ la]

   就這裡。

3. Voilà, nous y sommes.

   [vwala nu si sɔm]

   好了，我們到了。

4. Vous voilà arrivé.

   [vu vwala arive]

   您到了。

5. Combien je vous dois?

   [kɔ̃bjɛ̃ ʒə vu dwa]

   我要給您多少錢？

租車

🪗 租借時

1. Quel est le prix de la location?
   [kɛlɛ lə pri də la lɔkasjɔ̃]

   租車費是多少？

2. Que comprend le tarif de location?
   [kə kɔ̃prɑ̃ lə tarif də lɔkasjɔ̃]

   租車費包括哪些費用？

3. Est-ce qu'il faut verser une caution pour la location?
   [ɛs kil fo vɛrse yn kosjɔ̃ pur la lɔkasjɔ̃]

   租車需要付押金嗎？

4. Quelles sont les voitures disponibles?
   [kɛl sɔ̃ le vwatyr dispɔnibl]

   有哪些車可以選？

5. Je voudrais rendre la voiture à Lyon.
   [ʒə vudrɛ rɑ̃dr la vwatyr a ljɔ̃]

   我想在里昂還車。

會話

 Je voudrais louer une voiture.
[ʒə vudrɛ lwe yn vwatyr]

我想要租一輛車。

 Votre permis de conduire, s'il vous plaît.
[vɔtr pɛrmi də kɔ̃dɥir sil vu plɛ]

請出示您的駕照。

🪗 加油站

1. Où est la station-service la plus proche d'ici?

   [u ɛ la stasjɔ̃ sɛrvis la ply prɔʃ disi]

   最近的加油站在哪裡？

2. Quel est le prix d'un litre d'essence sans Plomb 95?

   [kɛlɛ lə pri dœ̃ litr desɑ̃s sɑ̃ plɔ̃ katr vɛ̃ kɛ̃z]

   無鉛 95 汽油一公升多少錢？

🪗 故障時

1. Il y a un problème.

   [i li ja œ̃ prɔblɛm]

   有問題。

2. Pourriez-vous l'examiner?

   [purjevu lɛgzamine]

   可以幫我檢查一下嗎？

3. Un pneu a explosé.

   [œ̃ pnø a ɛksploze]

   有個輪胎爆胎了。

🪗 開車

1. Quelle est la vitesse maximum autorisée sur cette route?

   [kɛlɛ la vitɛs maksimɔm ɔtorize syr sɛt rut]

   這條路的最高限速是多少？

2. Est-ce que c'est bien une rue à sens unique?

   [ɛskə sɛ bjɛ̃ yn ry a sɑ̃s ynik]

   這條路是單行道嗎？

3. Est-ce qu'il y a un parking près d'ici?

   [ɛs ki li ja œ̃ parkiŋ prɛ disi]

   這附近有停車場嗎？

 租借腳踏車

 Qu'est-ce que le Vélib?
[kɛskə lə velib]

什麼是巴黎公共自行車出租系統（Vélib）？

 Le Vélib est destiné aux trajets courts.
[lə velib ɛ dɛstine o traʒɛ kur]

巴黎公共自行車出租系統是供短程用的。

 Comment fonctionne le Vélib?
[kɔmã fõksjɔn lə velib]

要如何使用巴黎公共自行車出租系統？

 Vous pouvez prendre un vélo dans une station et le déposer dans une autre une fois votre trajet terminé.
[vu puve prãdr œ̃ velo dã zyn stasjõ e lə depoze dã zy notr yn fwa vɔtr traʒɛ tɛrmine]

您可以在某一站租自行車，行程結束後在另一站還車。

 Est-ce que c'est payant?
[ɛskə sɛ pɛjã]

要付費嗎？

 Vélib est payant. Mais les 30 (trente) premières minutes de chaque trajet sont toujours gratuites.
[velib ɛ pɛjã mɛ le trãt prəmjɛr minyt də ʃak traʒɛ sõ tuʒur gratɥit]

巴黎公共自行車出租系統是付費服務，但是每次使用的前三十分鐘免費。

🪗 單字充電站

▶▶ 道路／交通

le guide
[lə gid]
指南；導遊

la préfecture de police
[la prefɛktyr də pɔlis]
警察局

le feu
[lə fø]
信號燈／紅綠燈

le bateau
[lə bato]
船

le tramway
[lə tramwɛ]
路面電車／輕軌

la navette
[la navɛt]
接駁車

le ferry
[lə fɛri]
渡輪

le plan / la carte
[lə plɑ̃ / la kart]
地圖

le passage piéton
[lə pasaʒ pjetɔ̃]
斑馬線

le trottoir
[lə trɔtwar]
人行道

le carrefour
[lə karfur]
十字路口

tourner à droite
[turne a drwat]
向右轉

tourner à gauche
[turne a goʃ]
向左轉

continuer tout droit
[kɔ̃tinɥe tu drwa]
直行

l'embouteillage
[lɑ̃butɛjaʒ]
塞車

les heures de pointe
[le zœr də pwɛ̃t]
尖峰時間

la destination
[la dɛstinasjɔ̃]
目的地

le terminus
[lə tɛrminys]
終點站

▶▶ 票種

le ticket
[lə tikɛ]
地鐵、公車票

le billet
[lə bijɛ]
火車、飛機票

le billet électronique
[lə bijɛ elɛktrɔnik]
電子票

le billet aller simple
[lə bijɛ ale sɛ̃pl]
單程票

le billet aller-retour
[lə bijɛ ale rətur]
來回票

le pass touristique
[lə pas turistik]
觀光票

le billet à plein tarif
[lə bijɛ a plɛ̃ tarif]
全票

le billet à demi-tarif
[lə bijɛ a dəmi tarif]
半票

la carte orange
[la kart ɔrɑ̃ʒ]
橘卡

le coupon mensuel de 3 (trois) zones (à Paris)
[lə kupɔ̃ mɑ̃sɥel də trwa zon a pari]
巴黎第三環區月票

le coupon hebdomadaire de 3 (trois) zones (à Paris)
[lə kupɔ̃ ɛbdɔmadɛr də trwa zon a pari]
巴黎第三環區周票

▶▶ 車廂種類

la première classe
[la prəmjɛr klas]
頭等艙／座

la deuxième classe
[la døzjɛm klas]
二等艙／座

la voiture-couchettes / la voitures-lits
[la vwatyr kuʃɛt / la vwatyr li]
臥鋪車廂

la voiture fumeurs
[la vwatyr fymœr]
吸菸車廂

la voiture non-fumeurs
[la vwatyr nõ fymœr]
禁菸車廂

les trains à réservation obligatoire
[le trɛ̃ a rezɛrvasjõ ɔbligatwar]
必須預定（座位）的火車

les trains sans réservation
[le trɛ̃ sã rezɛrvasjõ]
無須預定（座位）的火車

la voiture 5 (cinq)
[la vwatyr sɛ̃k]
第五車廂

▶▶ 飛機艙位

en première classe
[ã prəmjɛr klas]
頭等艙

en classe affaires
[ã klas afɛr]
商務艙

en classe économique
[ã klas ekonomik]
經濟艙

▶▶ 車站內

la station de métro
[la stasjõ də metro]
地鐵站

la gare
[la gar]
火車站

le guichet
[la giʃɛ]
售票口

le contrôleur / la contrôleuse
[lə kõtrolœr / la kõtrolœz]
男查票員／女查票員

la borne pour composter?
[la bɔrn pur kõpɔste]
自動打票機

la billetterie automatique
[la bijɛtri otomatik]
自動售票機

le quai
[lə ke]
月台

l'entrée
[lãtre]
入口

la sortie
[la sɔrti]
出口

la sortie sud
[la sɔrti syd]
南出口

la sortie nord
[la sɔrti nɔr]
北出口

la sortie est
[la sɔrti ɛst]
東出口

la sortie ouest
[la sɔrti wɛst]
西出口

le portillon
[lə pɔrtijɔ̃]
驗票閘門

le plan de métro
[lə plɑ̃ də metro]
地鐵路線圖

le service des objets trouvés
[lə sɛrvis de zɔbʒɛ truve]
失物招領處

l'information
[lɛ̃fɔrmasjɔ̃]
詢問處

la consigne automatique
[la kɔ̃siɲ otɔmatik]
自動儲物櫃

la consigne à bagages
[la kɔ̃siɲ a bagaʒ]
行李寄放處

l'horaire
[lɔrɛr]
時刻表

contrôler le titre de transport
[kɔ̃trole lə titr də trɑ̃spɔr]
查票

▶▶ 公車

l'arrêt de bus
[larɛ də bys]
公車站

l'autocar
[lotokar]
長途客車

le bus de nuit
[lə bys də nɥi]
夜間公車

le parking
[lə parkiŋ]
停車場

la station-service
[la stasjɔ̃sɛrvis]
加油站

l'essence / le carburant
[lesɑ̃s / lə karbyrɑ̃]
汽油／燃料

le klaxon
[lə klaksɔn]
喇叭

le rétroviseur
[lə retrɔvizœr]
後視鏡

le pare-brise
[lə par briz]
擋風玻璃

▶▶ 計程車

appeler un taxi
[aple œ̃ taksi]
叫車

le compteur
[lə kɔ̃tœr]
計價器

▶▶ 自行車

le vélo
[lə velo]
自行車

le Vélib
[lə velib]
巴黎公共自行車出租系統

la borne
[la bɔrn]
自行車租借機

le point
d'attache
[lə pwɛ̃ dataʃ]
車柱鎖

en libre service
[ɑ̃ libr sɛrvis]
自助服務

▶▶ 飛機

l'aéroport
[laeropɔr]
機場

la carte d'embarquement
[la kart dãbarkəmã]
登機牌

la porte d'embarquement
[la pɔrt dãbarkəmã]
登機口

l'enregistrement
[lãrəʒistrəmã]
登機手續

le contrôle de sécurité
[lə kõtrol də sekyrite]
安全檢查

le talon de bagages
[lə talõ də bagaʒ]
行李單

porter une étiquette
[pɔrte yn etikɛt]
掛標籤

le tapis roulant
[lə tapi rulã]
傳送帶

en service
[ã sɛrvis]
使用中

le mal de l'air
[lə mal də lɛr]
暈機

le vol direct
[lə vɔl dirɛkt]
直飛

décoller
[dekɔle]
起飛

atterrir
[aterir]
落地

娛樂

購票

 在博物館

1. **Une entrée, s'il vous plaît. C'est combien?**

   [ynãtre sil vu plɛ sɛ kõbjɛ̃]

   一張票，謝謝。多少錢？

2. **Il y a une réduction pour les étudiants?**

   [i li ja yn redyksjõ pur le zetydjã]

   學生有優惠嗎？

3. **Est-ce qu'il y a une visite guidée en chinois?**

   [ɛs ki li ja yn vizit gide ã ʃinwa]

   請問有中文導覽嗎？

4. **La prochaine visite guidée est à quelle heure?**

   [la proʃɛn visit gide ɛ ta kɛlœr]

   下一場導覽幾點開始？

5. **Est-ce que l'audioguide est disponible?**

   [ɛskə lodjogid ɛ dispɔnibl]

   有語音導覽器嗎？

🪗 在劇院

1. Une place, s'il vous plaît.
   [yn plas sil vu plɛ]

   我要買一張票，謝謝。

2. Je voudrais réserver des places, s'il vous plaît.
   [ʒə vudrɛ rezɛrve de plas sil vu plɛ]

   我想要預定幾個位子，謝謝。

3. Je vais chercher un programme.
   [ʒə vɛ ʃɛrʃe œ̃ program]

   我去拿一張節目單。

4. Avez-vous des places d'orchestre / au balcon?
   [avevu de plas dɔrkɛstr / o balkɔ̃]

   請問有正廳前座／樓座包廂的票嗎？

5. Deux billets pas plus loin qu'au dixième rang, sil vous plaît.
   [dø bijɛ pa ply lwɛ̃ ko dizjɛm rã sil vu plɛ]

   兩張第十排以前的票，謝謝。

6. Je voudrais un strapontin.
   [ʒə vudrɛ œ̃ strapɔ̃tɛ̃]

   我想要一個折疊椅座位。

7. Par où est-ce que l'on entre pour les numéros pairs / impairs?
   [par u ɛskə lɔ̃ ãtr pur le nymero pɛr / ɛ̃pɛr]

   雙數／單數號要從哪裡進去？

8. Où est-ce qu'on peut louer des jumelles?
   [u ɛs kɔ̃ pø lwe de ʒymɛl]

   哪裡可以租借望遠鏡？

9. Il y a un entracte?
   [i li ja œ̃ nãtrakt]

   有中場休息嗎？

10. Nous avons de bonnes places. C'est tout près de la scène.
    [nu zavɔ̃ də bɔn plas sɛ tu prɛ də la sɛn]

    我們的位子很好。就在舞台旁邊。

11. Qu'est-ce que l'on joue à la Comédie Française?

[kɛskə lɔ̃ ʒu a la kɔmedi frɑ̃sɛz]

法蘭西喜劇院有什麼節目？

12. J'aime la comédie / la tragédie / la tragi-comédie / le mime.

[ʒɛm la kɔmedi / la traʒedi / la traʒikɔmedi / lə mim]

我喜歡喜劇／悲劇／悲喜劇／默劇。

🪗 馬戲團與雜技團

1. Que diriez-vous d'assister à une représentation de cirque?

[kə dirie vu dasiste a yn rəprezɑ̃tasjɔ̃ də sirk]

您想要看馬戲團表演嗎？

2. Quels sont les principaux animaux que présentent les cirques?

[kɛl sɔ̃ le prɛ̃sipo sanimo kə prezɑ̃t le sirk]

馬戲團表演主要有哪些動物？

3. Quels numéros donne la Troupe d'acrobatie de Chine lors de sa tournée en France?

[kɛl nymero dɔn la trup dakrɔbasi də ʃin lɔr də sa turne ɑ̃ frɑ̃s]

中國雜技團在法國的巡迴演出會表演哪些項目？

🪗 音樂與舞蹈

1. Assistez-vous souvent à des concerts?

[asiste vu suvɑ̃ a de kɔ̃sɛr]

您經常參加音樂會嗎？

2. Quel est le concert auquel vous allez assister ce soir?

[kɛlɛ lə kɔ̃sɛr okɛl vu zale asiste sə swar]

您今天晚上要參加哪一場音樂會？

3. Allez-vous voir un spectacle de ballet ce soir?

[alevu vwar œ̃ spɛktakl də balɛ sə swar]

您今天晚上要去看芭蕾舞嗎？

📻 看電視

1. Qu'est-ce qu'il y a à la télévision ce soir?

[kɛs ki li ja a la televizjɔ̃ sə swar]

今天晚上有什麼電視節目？

2. À quelle heure est le journal télévisé?

[a kɛlœr ɛ lə ʒurnal televize]

新聞幾點鐘播出？

3. Est-ce qu'il y a une émission en direct?

[ɛs ki li ja ynemisjɔ̃ ɑ̃ dirɛkt]

是否有直播節目？

4. Sur quelle chaîne émet-on les films?

[syr kɛl ʃɛn emɛtɔ̃ le film]

哪些頻道會播放電影？

5. Quel feuilleton passe-t-on en ce moment?

[kɛl fœjtɔ̃ pastɔ̃ ɑ̃ sə mɔmɑ̃]

現在在播哪齣連續劇？

6. Pourriez-vous changer de chaîne?

[purjevu ʃɑ̃ʒe də ʃɛn]

您可以換台嗎？

🎹 看電影

1. Quel film est-ce qu'on passe en ce moment?

[kɛl film ɛs kɔ̃ pɑs ɑ̃ sə momɑ̃]

你們現在在播哪部電影？

2. Quel genre de film projette-t-on?

[kɛl ʒɑ̃r də film prɔʒɛttɔ̃]

你們播放哪一類的影片？

3. Est-ce qu'on passe des dessins animés ou des documentaires dans votre cinéma?

[ɛs kɔ̃ pɑs de desɛ̃ zanime u de dɔkymɑ̃tɛr dɑ̃ vɔtr sinema]

你們的電影院有播放動畫片或紀錄片嗎？

4. À quelle heure commence la première / la prochaine séance?

[a kɛlœr kɔmɑ̃s la prəmjɛr / la prɔʃɛn seɑ̃s]

首場／下一場幾點開始？

5. Bonjour. Deux entrées, s'il vous plaît.

[bɔ̃ʒur dø zɑ̃tre sil vu plɛ]

您好，兩張票，謝謝。

6. Est-ce que c'est un film qui vient de sortir?

[ɛskə sɛ tœ̃ film ki vjɛ̃ də sɔrtir]

這是剛上映的新片嗎？

7. Ce film américain a-t-il été doublé en français?

[sə film amerikɛ̃ atil ete duble ɑ̃ frɑ̃sɛ]

這部美國片是否有法語配音？

8. Ce film français est-il en version originale?

[sə film frɑ̃sɛ ɛ til ɑ̃ vɛrsjɔ̃ ɔriʒinal]

這部法國片是原音嗎？

9. Est-ce que ce film français est sous-titré en chinois?

[ɛskə sə film frɑ̃sɛ ɛ sutitre ɑ̃ ʃinwa]

這部法國片有中文字幕嗎？

10. De quel roman ce film a-t-il été adapté?

[də kɛl rɔmɑ̃ sə film atil ete adapte]

這部影片是根據哪本小說改編的？

11. Est-ce que ce film est interdit aux moins de 16(seize) ans ?

[ɛskə sə film ɛ tɛ̃tɛrdi o mwɛ̃ də sɛzɑ̃]

這部影片是否禁止16歲以下的人觀賞？

🪗 在體育俱樂部

1. Qu'est-ce que vous me proposez comme activités?

[kɛskə vu mə prɔpoze kɔm aktivite]

您建議我參加哪些運動項目？

2. Je voudrais m'inscrire dans votre club.

[ʒə vudrɛ mɛ̃skrir dɑ̃ vɔtr klœb]

我想加入你們的俱樂部。

3. Quels sont les horaires et jours d'ouverture?

[kɛl sɔ̃ le zɔrɛr e ʒur duvɛrtyr]

營業時間和營業日是什麼時候？

4. Je voudrais un forfait mensuel.

[ʒə vudrɛ œ̃ fɔrfɛ mɑ̃sɥɛl]

我想辦包月套餐。

5. Faut-il un certificat médical?

[fotil œ̃ sɛrtifika medikal]

需要體檢證明嗎？

🪗 單字充電站

▶ 電影

le film
[lə film]
電影

le cinéma
[lə sinema]
電影院

l'acteur
[laktœr] (n. m.)
男演員

l'actrice
[laktris] (n. f.)
女演員

le metteur en scène / le réalisateur
[lə mɛtœr ɑ̃ sɛn / lə realizatœr]
導演

le héros
[lə ero]
男主角

l'héroïne
[lerɔin]
女主角

le sous-titre
[lə sutitr]
字幕

les sorties de la semaine
[le sɔrti də la səmɛn]
本周新片

l'avant-première
[lavɑ̃prəmjɛr] (n. f.)
試映會

▶ 電影種類

le film d'action
[lə film daksjɔ̃]
動作片

le film d'animation
[lə film danimasjɔ̃]
動畫片

le film d'arts martiaux / le film de kung-fu
[lə film dar marsjo / lə film də kuŋfu]
功夫片

le film documentaire
[lə film dɔkymɑ̃tɛr]
紀錄片

le film catastrophe
[lə film katastrɔf]
災難片

le film policier	le film de science-fiction
[lə film pɔlisje]	[lə film də sjɑ̃sfiksjɔ̃]
警匪片	科幻片

le film d'horreur	le film de guerre	le film d'auteur
[lə film dɔrœr]	[lə film də gɛr]	[lə film dotœr]
恐怖片	戰爭片	自傳片

la comédie	la comédie musicale	le western
[la kɔmedi]	[la kɔmedi myzikal]	[lə wɛstɛrn]
喜劇	音樂喜劇	西部片

▶ **劇場**

le théâtre	la pièce de théâtre	l'acte
[lə teatr]	[la pjɛs də teatr]	[lakt]
劇場／戲劇	劇目	（戲劇）幕

▶ **節目類型**

l'opéra de Pékin	le cirque	l'acrobatie
[lɔpera də pekɛ]	[lə sirk]	[l'akrɔbasi]
京劇	馬戲團	雜技表演

la magie	le mime	les clowns
[maʒi]	[lə mim]	[lɛ klun]
魔術	默劇	小丑

le concert	la tournée
[lə kɔ̃sɛr]	[la turne]
音樂會	巡迴演出

▶▶ 音樂舞蹈類型

la musique classique [la myzik klasik] 古典音樂	**la musique moderne** [la myzik mɔdɛrn] 現代音樂	**la musique douce** [la myzik dus] 輕音樂
la musique pop [la myzik pɔp] 流行音樂	**le jazz** [lə dʒaz] 爵士樂	**la musique folklorique** [la myzik fɔlklɔrik] 民歌
le hip-hop [lə ipɔp] 嘻哈音樂	**le rock** [lə rɔk] 搖滾樂	**l'électro** [lelɛktrɔ] 電子樂

la danse folklorique
[la dɑ̃s fɔlklɔrik]
民族舞蹈

旅遊

🪗 在旅行社

1. Pardon, monsieur, quels voyages avez-vous en ce moment?

   [pardɔ̃ məsjø kɛl vwajaʒ avevu ɑ̃ sə mɔmɑ̃]

   先生，請問現在有哪些旅遊路線？

2. Quel est le prix par personne?

   [kɛlɛ lə pri par pɛrsɔn]

   一個人多少錢？

3. Est-ce que vous avez un circuit thématique?

   [ɛskə vu zave œ̃ sirkɥi tematik]

   你們有主題旅行路線嗎？

4. J'aimerais voyager en groupe.

   [ʒɛmərə vwajaʒe ɑ̃ grup]

   我想跟團旅遊。

5. Quel est le meilleur itinéraire?

   [kɛlɛ lə mɛjœr itinerɛr]

   最好的旅行路線是哪一條？

6. Quels sont les sites et monuments historiques à visiter dans cette ville?

   [kɛl sɔ̃ le sit e mɔnymɑ̃ istɔrik a visite dɑ̃ sɛt vil]

   這座城市有哪些景點和古蹟？

7. Avez-vous un dépliant sur les principaux lieux à visiter?

   [avevu œ̃ deplijɑ̃ syr le prɛ̃sipo ljø a visite]

   您有主要參觀景點的宣傳單嗎？

8. Pouvez-vous me recommander un endroit pour loger dans la campagne aux environs de Lyon.

[puvevu mə rəkɔmãde œ̃ nãdrwa pur lɔʒe dã la kãpaɲ o zãvirɔ̃ də liɔ̃]

您可以推薦我里昂郊外的住處嗎？

9. Quels sont les services de votre agence?

[kɛl sɔ̃ le sɛrvis də vɔtr aʒãs]

貴社提供哪些服務？

10. Y a-t-il des activités culturelles dans la ville en ce moment?

[jatil de zaktivite kyltyrɛl dã la vil ã sə mɔmã]

這座城市目前是否有文化活動？

11. Est-ce que votre agence assure le service de réservation de billets de train et d'avion?

[ɛskə vɔtr aʒãs asyr lə sɛrvis də rezɛrvasjɔ̃ də bijɛ də trɛ̃ e davjɔ̃]

貴社是否提供預訂火車票和機票的服務？

12. Y a-t-il un accompagnateur / un interprète?

[jatil œ̃ nakɔ̃paɲatœr / œ̃ nɛ̃tɛrprɛt]

是否有嚮導／口譯員？

🪗 旅遊時

1. Quel est le programme pour aujourd'hui?

[kɛlɛ lə prɔgram pur oʒurdɥi]

今天的行程是什麼？

2. On part à quelle heure?

[ɔ̃ par a kɛ lœr]

我們幾點出發？

3. Le rendez-vous, c'est où et à quelle heure?

[lə rãde vu sɛ u e a kɛ lœr]

我們幾點要在哪裡集合？

4. Ça vaut la peine.

[sa vɔ la pɛn]

值得一看。

5. Est-ce que la visite est payante?

[ɛskə la visit ɛ pɛjãt]

參觀是否需要付費？

6. Est-ce que c'est interdit au public?

[ɛskə sɛ tɛ̃tɛrdi o pyblik]

是否有對外開放？

7. Est-ce que la prise de photo est autorisée?

[ɛskə la pris də foto ɛ totorize]

是否允許拍照？

8. Excusez-moi, où sont les toilettes?

[ɛkskyzemwa u sɔ̃ le twalɛt]

請問洗手間在哪裡？

單字充電站

▶ 旅遊

le tourisme	le voyage	l'Office du Tourisme
[lə turism]	[lə vwajaʒ]	[lɔfis dy turism]
旅遊（業）	旅行	旅遊局

l'interprète	le dépliant touristique	le guide	l'entrée
[lɛ̃tɛrprɛt]	[lə deplijã turistik]	[lə gid]	[lãtre]
口譯（員）	旅遊介紹手冊	指南／導遊	門票

le guide touristique	l'agence de tourisme / l'agence de voyages	l'OpenTour
[lə gid turistik]	[laʒãs də turism/ laʒãs də vwajaʒ]	[lɔpɛn tur]
旅遊指南	旅行社	巴黎觀光巴士

▶▶ 設施

le monument historique [lə mɔnymɑ̃ istɔrik] 歷史古蹟	**le monument aux morts** [lə mɔnymɑ̃ o mɔr] 紀念碑	**les reliques** [le rəlik] 珍貴的紀念品
la ville [la vil] 城市	**le village** [lə vilaʒ] 村，鎮	**la campagne** [la kɑ̃paɲ] 鄉村
la cité [la site] 城區	**le musée** [lə myze] 博物館	**le musée des beaux-arts** [lə myze de bozar] 美術館
le parc d'attractions et de loisirs [lə par datraksjɔ̃ e də lwasir] 遊樂園		**le parc naturel** [lə park natyrɛl] 自然公園
l'aquarium [lakwarjɔm] 水族館	**le zoo** [lə zu] 動物園	**le jardin des plantes** [lə ʒardɛ̃ de plɑ̃t] 植物園
le parc à thèmes [lə park a tɛm] 主題樂園	**le marché** [lə marʃe] 市場	

▶▶ 自然

le paysage [lə peizaʒ] 景色	**l'océan** [lɔseã] 海洋	**le pont** [lə põ] 橋
la mer [la mɛr] 大海	**la plage** [la plaʒ] 沙灘	**le port** [lə pɔr] 港口
la montagne [la mõtaɲ] 山脈	**le fleuve** [lə flœv] 河流	**la rivière** [la rivjɛr] 小河
le lac [lə lak] 湖	**l'étang** [letã] 池塘	**le canal** [lə kanal] 運河
la fontaine [la fõtɛn] 泉；噴泉	**la cascade** [la kaskad] 瀑布	**la forêt** [la fɔrɛ] 森林
la grotte [la grɔt] 岩洞	**le canyon** [lə kanjɔn] 峽谷	**la falaise** [la falɛz] （海岸）懸崖，峭壁

▶▶ 法國文化藝術

le patrimoine historique [lə patrimwan istɔrik] 歷史文化遺產	la fabrication de parfum [la fabrikasjɔ̃ də parfœ̃] 香水製造	la viticulture [la vitikyltyr] 葡萄種植
la culture culinaire [la kyltyr kylinɛr] 烹飪文化	la dégustation du vin [la degystasjɔ̃ dy vɛ̃] 品（葡萄）酒	la haute couture [la ot kutyr] 高級時裝
la mode [la mɔd] 時尚	le fromage [lə frɔmaʒ] 乳酪	

▶▶ 宗教場所

la Bible [la bibl] 聖經	Dieu [djø] 上帝	l'ange [lɑ̃ʒ] 天使
le paradis [lə paradi] 天堂	l'enfer [lɑ̃fɛr] 地獄	la mosquée [la mɔske] 清真寺
le Coran [lə kɔrɑ̃] 古蘭經	la cathédrale [la katedral] （主教駐座的）大教堂	l'église [legliz] 教堂

le pasteur
[lə pastœr]
牧師

le prêtre
[lə prɛtr]
神父

la bonne sœur
[la bɔn sœr]
修女

le moine
[lə mwan]
修道士，僧侶

le pape
[lə pap]
教皇（宗）

la chorale
[la kɔral]
合唱團

l'orgue
[lɔrg]
管風琴

la prière
[la prijɛr]
禱告

la méditation
[la meditasjɔ̃]
默禱

le baptême
[lə batɛm]
洗禮

la communion
[la kɔmynjɔ̃]
領聖體

▶ 注意事項（指示牌）

Accès interdit à tous les véhicules à moteur
[aksɛ ɛ̃tɛrdi a tu le veikyl a mɔtœr]
所有機動車禁止通行

Arrêt et stationnement interdits
[arɛ e stasjɔnmɑ̃ ɛ̃tɛrdi]
禁止停車和代客停車

Aire piétonne
[ɛr pjetɔ̃]
步行區

Paiement par carte bancaire
[pɛmɑ̃ par kart bɑ̃kɛr]
銀行卡付款

Passage pour piétons
[pasaʒ pur pjetɔ̃]
行人通道

Ne pas toucher
[nə pa tuʃe]
勿觸摸

Prière de ne pas marcher sur les pelouses
[prijɛr də nə pa marʃe syr le pəluz]
勿踩踏草坪

Attention travaux ralentir
[atɑ̃sjɔ̃ travo ralɑ̃tir]
注意施工減速

Chantier interdit au public
[ʃɑ̃tje ɛ̃tɛrdi o pyblik]
工地禁止入內

Auberge de jeunesse
[obɛrʒ də ʒœnɛs]
青年旅館

Emplacement pour pique-nique
[ɑ̃plasmɑ̃ pur piknik]
野餐區

Interdiction de fumer
[ɛ̃tɛrdiksjɔ̃ də fyme]
禁止吸菸

Issue de secours
[isy də səkur]
緊急通道

Installations accessibles aux personnes handicapées
[ɛ̃stalasjɔ̃ saksɛsibl o pɛrsɔn ɑ̃dikape]
無障礙設施

Interdiction de prendre des photos
[ɛ̃tɛrdiksjɔ̃ də prɑ̃dr de fɔto]
禁止拍照

Interdiction de prendre des photos avec flash
[ɛ̃tɛrdiksjɔ̃ də prɑ̃dr de fɔto avɛk flaʃ]
禁止使用閃光燈拍照

Interdiction de filmer
[ɛ̃tɛrdiksjɔ̃ də filme]
禁止攝影

Interdit aux chiens
[ɛ̃tɛrdi o ʃjɛ̃]
禁止狗入內

Interdit au public
[ɛ̃tɛrdi o pyblik]
禁止入內

Passage interdit
[pasaʒ ɛ̃tɛrdi]
禁止通行

Allô?

◀)) 032

打電話

借電話

1. Vous permettez que je téléphone?

   [vu pɛrmete kə ʒə telefɔn]

   我可以打電話嗎？

2. Est-ce que je pourrais utiliser votre téléphone?

   [ɛskə ʒə purɛ ytilize vɔtr telefɔn]

   我能使用您的電話嗎？

買電話卡

1. Je voudrais une carte téléphonique.

   [ʒə vudrɛ yn kart telefɔnik]

   我想要買一張電話卡。

🪗 尋找電話亭

1. Est-ce qu'il y a une cabine
   téléphonique près d'ici?

   [ɛs ki li a yn kabin telefɔnik prɛ disi]

   這附近有電話亭嗎？

🪗 詢問電話資訊

1. Quel est l'indicatif pour la Suisse?

   [kɛlɛ lɛ̃dikatif pur la sɥis]

   瑞士的國碼是多少？

2. Avez-vous le numéro de téléphone
   du Bureau de Représentation de
   Taipei en France?

   [avevu lə nymero də telefɔn dy byro də
   rəprezɑ̃tasjɔ̃ də tajpɛj ɑ̃ frɑ̃s]

   您有駐法國台北代表處
   的電話嗎？

🪗 自動語音提示

1. Pour accéder au service, appuyez
   sur la touche étoile.

   [pur aksede o sɛrvis apɥije syr la tuʃ etwal]

   如需進一步服務，請按
   米字鍵。

2. Votre correspondant n'est pas
   joignable. Veuillez le rappeler
   ultérieurement.

   [vɔtr kɔrɛspɔ̃dɑ̃ nɛ pa ʒwaɲabl vøje lə rapəle
   ylterjœrmɑ̃]

   您撥打的號碼無法接
   通。請稍候再撥。

3. Toutes les lignes de votre correspondant sont occupées. Veuillez le rappeler ultérieurement.

[tut le liɲ də vɔtr kɔrɛspɔ̃dã sɔ̃ ɔkype vøje lə rapəle ylterjœrmã]

您撥打的號碼忙線中。請稍候再撥。

4. Le numéro que vous demandez n'est pas attribué.

[lə nymero kə vu dəmãde nɛ pa zatribɥe]

您撥打的號碼是空號。

5. Il n'y a pas d'abonné au numéro que vous avez demandé. Veuillez consulter l'annuaire.

[il ni ja pa dabɔne o nymero kə vu zave dəmãde vøje kɔ̃sylte lanuɛr]

您撥打的號碼是空號。請查詢電話號碼簿。

電話無人接聽

1. Ça ne répond pas. [sa nə repɔ̃ pa]

沒有回應。

2. Ça sonne occupé. [sa sɔn ɔkype]

忙線中。

3. C'est son répondeur. [sɛ sɔ̃ repɔ̃dœr]

是答錄機。

語音信箱

1. Vous êtes bien au 01 72 65 40 38 (zéro un, soixante-douze, soixante-cinq, quarante, trente-huit).

[vu sɛt bjɛ̃ o zero œ̃ swasãt duz swasãt sɛ̃k karãt trãt ɥit]

您撥的號碼是 01 72 65 40 38.

2. Je ne suis pas là actuellement.
   [ʒə nə sɥi pa la aktɥɛlmɑ̃]

   我現在不在。

3. Laissez-moi un message après le bip.
   [lɛse mwa œ̃ mesaʒ aprɛ lə bip]

   請在嗶聲後留言。

電話接通時

自我介紹

1. Allô. [alo]

   喂！

2. Oui, allô. [wi alo]

   喂！

3. Bonjour, Marc Dupont à l'appareil.
   [bɔ̃ʒur mar dypɔ̃ a laparɛl]

   您好，我是馬克・杜邦。

4. Bonsoir, ici Monsieur Dupont, de la SNCF.
   [bɔ̃swa isi məsjø dypɔ̃ də la ɛsɛnseɛf]

   晚安，我是法國國家鐵路公司的杜邦。

5. Bonjour, c'est Marie.
   [bɔ̃ʒur sɛ mari]

   您好，我是瑪麗。

6. Allô? C'est Irène.
   [alo sɛ irɛn]

   喂？我是伊雷娜。

7. Dupont à l'appareil.
   [dypɔ̃ a laparɛl]

   我是杜邦。

8. Ici François.
   [isi frɑ̃swa]

   我是弗朗索瓦。

確認號碼

1. Je suis bien au 01 72 65 40 38 (zéro un soixante-douze soixante-cinq quarante trente-huit)?

   [ʒə sɥi bjɛ̃ o zero œ̃ swasɑ̃t duz swasɑ̃t sɛ̃k karɑ̃t trɑ̃t ɥit]

   您的號碼是 01 72 65 40 38 嗎？

2. Je suis bien chez Marc Dupont?

   [ʒə sɥi bjɛ̃ ʃe mar dypɔ̃]

   是馬克・杜邦家嗎？

3. C'est toi, Marie?

   [sɛ twa mari]

   瑪麗，是妳嗎？

確認身份

1. Oui, c'est lui-même / elle-même.

   [wi sɛ lɥimɛm / ɛlmɛm]

   是我本人。

2. Tout à fait.

   [tu ta fɛ]

   是的。

3. Oui, je vous écoute.

   [wi ʒə vu zekut]

   是的，我在聽。

🪗 打錯電話

1. Vous vous trompez de numéro.

   [vu vu trɔ̃pe də nymero]

   您打錯了。

2. Quel numéro demandez-vous?

   [kɛl nymero dəmɑ̃de vu]

   您撥打的號碼是幾號？

3. Désolé(e), il n'y a personne de ce nom ici.

   [dezɔle il ni ja pɛrsɔn də sə nɔ̃ isi]

   對不起，這裡沒有這個人。

4. Excusez-moi, je me suis trompé de numéro.

[εkskyzemwa ʒə mə sɥi trɔ̃pe də nymero]

對不起，我打錯了。

5. Je suis désolé, j'ai fait une erreur.

[ʒə sɥi dezole ʒε fε ynεrœr]

對不起，我打錯了。

🪗 請某人接電話

1. Je voudrais parler à Monsieur Dupont.

[ʒə vudrε parle a məsjø dypɔ̃]

我想要找杜邦先生。

2. Puis-je parler à Monsieur le Directeur?

[pɥiʒə parle a məsjø lə dirεktœr]

我能和經理通話嗎？

3. Je voudrais le poste 123 (cent vingt-trois).

[ʒə vudrε lə pɔst sɑ̃ vε̃ trwa]

我想要轉分機 123。

4. Le service de ventes, s'il vous plaît.

[lə sεrvis də vɑ̃t sil vu plε]

銷售部，謝謝。

5. Est-ce que Madame Martin est là?

[εskə madam martε̃ ε la]

馬丁女士在嗎？

6. Voulez-vous me passer Monsieur Martin, s'il vous plaît?

[vulevu mə pase məsjø martε̃ sil vu plε]

您能幫我轉馬丁先生嗎？

7. Est-ce que je pourrais avoir la chambre 201 (deux cent un), s'il vous plaît?

[εskə ʒə purε avwar la ʃɑ̃br dø sɑ̃ œ̃ sil vu plε]

可以幫我轉 201 號房嗎？

詢問對方身份

1. Qui est à l'appareil?
   [ki ɛ ta laparɛj]

   是哪位？

2. Vous êtes Madame... / Monsieur...?
   [vu zɛt madam / məsjø]

   你是……女士／先生嗎？

3. C'est de la part de qui?
   [sɛ də la par də ki]

   您是哪位？

幫忙轉接電話

1. Ne quittez pas.
   [nə kite pa]

   不要掛斷。

2. Un moment, s'il vous plaît.
   [œ̃ mɔmɑ̃ sil vu plɛ]

   請稍等。

3. Je vous la / le passe.
   [ʒə vu la / lə pas]

   我幫您轉給她／他。

4. Veuillez attendre un instant, je vais la/le chercher.
   [vøje atɑ̃dr œ̃ nɛ̃stɑ̃ ʒə vɛ la / lə ʃɛrʃe]

   請稍等，我幫您叫她／他。

5. Le poste 123 (cent vingt-trois) est occupé.
   [lə pɔst sɑ̃ vɛ̃ trwa ɛ tɔkype]

   分機 123 忙線中。

6. Je regrette, il est en communication / en ligne.
   [ʒə rəgret i lɛ ɑ̃ kɔmynikasjɔ̃ / ɑ̃ liɲ]

   抱歉，他電話中。

7. Vous patientez?

[vu pasjãte]

您可以等一下嗎？

8. Pourriez-vous rappeler?

[purijevu rapǝle]

您可以稍後再打來嗎？

9. Il est absent. / Il n'est pas là.

[i lɛ tabsɔ̃ / il nɛ pa la]

他不在。

10. Voulez-vous lui laisser un message?

[vulevu lɥi lɛse œ̃ mesaʒ]

您要留言給他嗎？

11. Voulez-vous attendre ou rappeler plus tard?

[vulevu atãdr u rapǝle ply tar]

您要等一下還是稍後再打來？

🪗 要找的人不在時

1. Vous savez quand il rentrera?

[vu save kã dil rãtra]

您知道他什麼時候回來嗎？

2. Pouvez-vous lui dire que j'ai appelé?

[puvevu lɥi dir kǝ ʒɛ aple]

您可以轉告他我有打來嗎？

3. Je rappellerai plus tard.

[ʒǝ raplǝrɛ ply tar]

我稍後再打過來。

Allô?
[alo]

喂？

 Je voudrais parler à Madame Cormier, s'il vous plaît.
[ʒə vudrɛ parle a madam kɔrmje sil vu plɛ]

我想跟科爾米耶女士通話，謝謝。

 Ne quittez pas. Je vais la chercher.
[nə kite pa ʒə vɛ la ʃɛrʃe]

不要掛斷，我去找她。

 D'accord. Je reste en ligne.
[dakɔr ʒə rɛst ɑ̃ liɲ]

好，我會等著。

 Allô. Elle n'est pas là.
[alo ɛl nɛ pa la]

喂，她不在。

 Je peux laisser un message?
[ʒə pø lɛse œ̃ mesaʒ]

我能留言給她嗎？

 Oui, bien sûr. Je vous écoute.
[wi bjɛ̃ syr ʒə vu zekut]

當然可以，請說。

📻 説明來電目的

1. **C'est au sujet de l'annonce.**

   [sɛ o syʒɛ də lanõs]

   是關於張貼廣告的事情。

2. **C'est pour avoir un renseignement.**

   [sɛ pur avwa œ̃ rãsɛɲmã]

   我有事情要詢問。

3. **Je vous appelle pour une réservation de billets d'avion.**

   [ʒə vu zapɛl pur yn rezɛrvasjõ də bijɛ davijõ]

   我打電話來是想要訂機票。

📻 通話出現問題

1. **Je vous entends très mal.**

   [ʒə vu zãtã trɛ mal]

   我聽不清楚（訊號很差）。

2. **Je ne vous entends pas bien.**

   [ʒə nə vu zãtã pa bjẽ]

   我聽不清楚（訊號不好）。

3. **Pouvez-vous parler plus fort?**

   [puvevu parle ply fɔr]

   可以大聲點嗎？

4. **La ligne est mauvaise.**

   [la liɲ ɛ mɔvɛz]

   收訊不好。

5. **On a été coupé.**

   [õ na ete kupe]

   剛才斷訊了。

🎹 掛斷電話

1. Excusez-moi, je dois raccrocher.
   [ɛkskyzemwa ʒə dwa rakroʃe]

   抱歉,我要掛電話了。

2. Excusez-moi, on m'appelle sur une autre ligne.
   [ɛkskyzemwa ɔ̃ mapɛl syr yn nɔtr liɲ]

   抱歉,我有另外一個來電。

3. Au revoir.
   [o rəvwar]

   再見。

4. Merci d'avoir appelé.
   [mɛrsi davwar apəle]

   謝謝來電。

5. Merci de votre appel.
   [mɛrsi də vɔtr apɛl]

   謝謝來電。

🎹 國際電話

1. Peut-on passer des appels internationaux depuis la cabine?
   [pøtɔ̃ pase de zapɛl ɛ̃tɛrnasjono dəpyi la kabin]

   電話亭可以打國際電話嗎?

2. Pour téléphoner en France depuis l'étranger, il faut composer le 0033(zéro zéro trente-trois).
   [pur telefone ɑ̃ frɑ̃s dəpyi letrɑ̃ʒe il fo kɔ̃poze lə zero zero trɛ̃ttrwa]

   從國外打電話到法國,要撥 0033。

3. L'indicatif Taïwan est le 886 .
   [lɛ̃dikatif tajiwɛ̃ ɛ lə ɥit ɥit sis]

   台灣的國碼是 886。

單字充電站

▶▶ 電話周邊

le téléphone [lə telefɔn] 電話	la cabine téléphonique [la kabin telefɔnik] 電話亭	le numéro de téléphone [lə nymero də téléphon] 電話號碼
l'annuaire [lanчɛr] 電話簿	le (téléphone) portable [lə telefɔn pɔrtabl] 行動電話	la carte SIM [la kart sim] 電話卡

décrocher / raccrocher le téléphone [dekrɔʃe / rakrɔʃe lə telefɔn] 接／掛電話	composer un numéro [kɔ̃poze œ̃ nymero] 撥號碼

le transfert d'appel [lə trɑ̃sfɛr dapɛl] 轉接	le bip sonore [lə bip sɔnor] 鈴聲提示	le message [lə mesaʒ] 訊息

l'appel international [lapɛl ɛ̃tɛrnasjɔnal] 國際長途電話

Excusez-moi,où sont les boîtes aux lettres?

郵局

 尋找

1. Où est la poste?

   [u ɛ la pɔst]

   郵局在哪裡？

2. Excusez-moi, où sont les boîtes aux lettres?

   [ɛkskyzemwa u sɔ̃ le bwat o lɛtr]

   請問郵筒在哪裡？

在郵局

1. Je voudrais un timbre.

   [ʒə vudrɛ œ̃ tɛ̃bre]

   我想買一張郵票。

2. Je voudrais un carnet de timbres.

   [ʒə vudrɛ œ̃ karnɛ də tɛ̃bre]

   我想買一本郵票。

3. Je voudrais envoyer cette lettre au tarif ordinaire / en priorité / en Chronopost.

   [ʒə vudrɛ ɑ̃vwaje sɛt lɛtr o tarif ɔrdinɛr / ɑ̃ prijɔrite / ɑ̃ kronopɔst]

   我想要寄平信／急件／法國郵政快遞。

4. Est-ce que je peux envoyer ça en imprimé?

   [ɛskə ʒə pø ɑ̃vwaje sa ɑ̃ nɛ̃prime]

   這個可以按照印刷品郵寄嗎？

223

5. Vous avez des timbres de collection?

[vu zave de tɛ̃bre də kɔlɛksjɔ̃]

您有集郵郵票嗎？

6. À quelle heure ouvre / ferme la poste?

[a kɛlœr uvr / fɛrm la pɔst]

郵局幾點開門／關門？

7. À quelle heure a lieu la première / dernière levée?

[a kɛlœr a ljø la prəmijɛr/ dɛrnjɛr ləve]

幾點開始第一次／最後一次開郵筒收信？

🪗 詢問運費

1. À combien faut-il affranchir cette lettre?

[a kɔ̃bjɛ̃ fotil afrɑ̃ʃir sɛt lɛtr]

寄這封信需要貼多少錢的郵票？

2. C'est combien pour envoyer une lettre aux États-Unis?

[sɛ kɔ̃bjɛ̃ pu rɑ̃vwaje yn lɛtr o zɛta syni]

寄信到美國要多少錢？

3. Quel est l'affranchissement d'une lettre pour Taïwan?

[kɛlɛ lafrɑ̃ʃismɑ̃ dyn lɛtr pur tajwan]

寄到台灣的信郵資是多少？

4. Quel est le tarif pour l'Allemagne?

[kɛlɛ lə tarif pur lalmɑ̃ʃ]

寄到德國的運費是多少？

🪗 快遞／掛號

1. Est-ce qu'on peut envoyer ce colis en express?

   [ɛs kɔ̃ pø ãvwaje sə kɔli ã nɛksprɛs]

   這個包裹能寄快遞嗎？

2. Je voudrais envoyer cette lettre par courrier recommandé.

   [ʒə vudrɛ ãvwaje sɛt lɛtr par kurje rəkɔmãde]

   我想寄這封掛號信。

3. Quel est le poids maximum pour un colis envoyé en UPS / Chronopost?

   [kɛlɛ lə pwa maksimɔm pur œ̃ kɔli ãvwaje ã ypeɛs / kronopɔst]

   用 UPS／法國郵政快遞寄包裹最大限重是多少？

🪗 包裹

1. À quel guichet est-ce qu'on doit s'adresser pour les paquets?

   [a kɛl giʃɛ ɛs kɔ̃ dwa sadrɛse pur le pakɛ]

   應該到哪個櫃檯辦理郵寄包裹業務？

2. Quels sont les tarifs pour les colis envoyés à l'étranger par avion?

   [kɛl sɔ̃ le tarif pur le kɔli ãvwaje a letrãʒe par avjɔ̃]

   寄往國外的航空包裹運費多少？

3. Je voudrais expédier un colis en Irlande.

   [ʒə vudrɛ ɛkspedje œ̃ kɔli ã nirlãd]

   我想寄這個包裹到愛爾蘭。

🪗 單字充電站

le bureau de poste [lə byro də pɔst] 郵局	**la carte postale** [la kart pɔstal] 明信片	**le boîte aux lettres** [lə bwat o lɛtr] 郵筒
le guichet [lə giʃɛ] 櫃檯	**la lettre par avion** [la lɛtr par avjɔ̃] 航空信	**la lettre ordinaire** [la lɛtr ɔrdinɛr] 平信
la lettre recommandée [la lɛtr rəkɔmɑ̃de] 掛號信	**le colis / le paquet** [lə kɔli/ lə pakɛ] 包裹	**le télégramme** [lə telegram] 電報
l'expéditeur [lɛkspeditœr] 寄件人	**le destinataire** [lə dɛstinatɛr] 收件人	**l'adresse** [ladrɛs] 地址
le nom [lə nɔ̃] 姓	**le code postal** [lə kɔd pɔstal] 郵遞區號	**le tarif** [lə tarif] 價格／運費
le timbre [lə tɛ̃bre] 郵票	**le timbre de collection** [lə tɛ̃bre də kɔlɛksjɔ̃] 集郵郵票	**la levée** [la ləve] （郵筒）開筒收信

<table>
<tr>
<td>

le paquet en imprimé

[lə pakɛ ɑ̃ nɛ̃prime]

印刷品包裹

</td>
<td>

expédier

[ɛkspedje]

郵寄

</td>
<td>

le mandat

[lə mɑ̃da]

郵政匯票

</td>
</tr>
</table>

envoyer un colis par voie terrestre / par avion / par bateau

[ɑ̃vwaje œ̃ kɔli par vwa tɛrɛstr / par avjɔ̃ / par bato]

以陸運／空運／水運的方式郵寄包裹

<table>
<tr>
<td>

la fiche de douane

[la fiʃ də dwan]

海關報單

</td>
<td>

l'emballage

[lɑ̃balaʒ]

包裝

</td>
<td>

la pièce d'identité

[la pjɛs didɑ̃tite]

身份證

</td>
</tr>
</table>

Je parle un peu français.

◀)) 034

學習

 語言

1. Je suis en train d'apprendre le français.

[ʒə sɥi ɑ̃ trɛ̃ daprɑ̃dr lə frɑ̃sɛ]

我正在學法語。

2. Je parle français.

[ʒə parl frɑ̃sɛ]

我會說法語。

3. Je peux lire le français, mais je ne sais pas le parler.

[ʒə pø lir lə frɑ̃sɛ mɛ ʒə nə sɛ pa lə parle]

我會唸，但不會說。

4. Je peux comprendre, mais je ne sais pas le parler.

[ʒə pø kɔ̃prɑ̃dr mɛ ʒə nə sɛ pa lə parle]

我聽得懂，但是不會說。

5. Mon mari sait parler allemand.

[mɔ̃ mari sɛ parle almɑ̃]

我丈夫會說德語。

6. Ma sœur ne parle pas espagnol.

[ma sœr nə parl pa ɛspaɲɔl]

我的姊妹不會說西班牙語。

7. Ma mère a appris l'italien.

[ma mɛr a apri litaljɛ̃]

我媽媽學過義大利語。

8. C'est un professeur de français.

[sɛ tœ̃ prɔfɛsœr də frɑ̃sɛ]

這是一位法語老師。

會話

 Est-ce que vous parlez français?

[ɛskə vu parle frɑ̃sɛ]

您說法語嗎？

 Je parle un peu français.

[ʒə parl œ̃ pø frɑ̃sɛ]

我會說一點法語。

 Comment trouvez-vous le français?

[kɔmɑ̃ truve vu lə frɑ̃sɛ]

您覺得法語是一門什麼樣的語言？

Je trouve que le français est une langue difficile.

[ʒə truv kə lə frɑ̃sɛ ɛ yn lɑ̃g difisil]

我覺得法語是很難學的語言。

 Ça fait longtemps que vous apprenez le français?

[sa fɛ lɔ̃tɑ̃ kə vu zaprɑ̃ne lə frɑ̃sɛ]

您學法語很久了嗎？

 Ça fait trois mois que j'apprends cette langue.

[sa fɛ trwa mwa kə ʒaprɑ̃ sɛt lɑ̃g]

這個語言我學了三個月了。

 Où avez-vous appris cette langue?

[u avevu apri sɛt lɑ̃g]

您在哪裡學習這個語言？

 Je l'ai apprise à l'Alliance française de Taipei.

[ʒə lɛ apris a laljɑ̃s frɑ̃sɛz də tajpɛj]

我在台北的法國文化協會學法語。

 語言中心

1. Je cherche une école de français.

[ʒə ʃɛrʃ yn nekɔl də frɑ̃sɛ]

我在找法語學校。

2. Pourriez-vous me recommander une école de français?

[purijevu mə rəkɔmɑ̃de yn nekɔl də frɑ̃sɛ]

可以請您為我推薦一間法語學校嗎？

3. En quelle langue sont donnés les cours?

[ã kɛl lãg sɔ̃ dɔne le kur]

授課使用哪門語言？

4. À quelle heure commencent les cours?

[a kɛlœr kɔmãs le kur]

幾點開課？

5. On a cours tous les jours?

[ɔ̃ na kur tu le ʒur]

我們每天都有課嗎？

6. Quel est le montant des frais de scolarité annuels?

[kɛlɛ lə mõtã de frɛ də skɔlarite anɥɛl]

一年學費是多少？

7. Y aura-t-il un test de niveau le jour de la rentrée?

[i ɔra til œ̃ tɛst də nivo lə ʒur də la rãtre]

入學那天是否有程度測驗？

🪗 其他

1. Pouvez-vous répéter, s'il vous plaît?

[puvevu repete sil vu plɛ]

可以請您重複一遍嗎？

2. Pouvez-vous épeler ce mot?

[puvevu eple sə mɔ]

您能拼一下這個單字嗎？

3. Comment est-ce que ça s'écrit?

[kɔmã ɛs kə sa sekri]

這要怎麼寫？

4. Comment est-ce que ça se prononce?

[kɔmã ɛskə sa sə pronõs]

這要怎麼發音？

5. Voulez-vous expliquer cette phrase?

[vulevu ɛksplike sɛt fraz]

您可以解釋一下這句話嗎？

6. Est-ce qu'il y a une règle pour cela?

[ɛs kilja yn regl pur səla]

這個是否有規則可循？

7. Mon français est insuffisant.

[mɔ̃ frɑ̃sɛ ɛ ɛ̃syfizɑ̃]

我的法語程度不夠。

8. Mon français est loin d'être parfait.

[mɔ̃ frɑ̃sɛ ɛ lwɛ̃ dɛtr parfɛ]

我的法語程度還稱不上完美。

🪗 單字充電站

le chinois [lə ʃinwa] 中文／漢語	**le français** [lə frɑ̃sɛ] 法語	**l'anglais** [lɑ̃glɛ] 英語
l'allemand [lalmɑ̃] 德語	**le cantonais** [lə kɑ̃tɔnɛ] 廣東話	**l'espagnol** [lɛspaɲɔl] 西班牙語
l'italien [litaljɛ̃] 義大利語	**le portugais** [lə pɔrtygɛ] 葡萄牙語	**le japonais** [lə ʒapɔnɛ] 日語
le coréen [lə kore] 韓語	**le thaïlandais** [lə tajlɑ̃dɛ] 泰語	**l'arabe** [larab] 阿拉伯語
le semestre [lə səmɛstr] 學期		

Vous avez une chambre libre?

🔊 035

租房子

🪗 尋找住處

1. **Je voudrais trouver un logement près d'une station de métro pour pouvoir me déplacer facilement.**

   [ʒə vudrɛ truve œ̃ lɔʒmã prɛ dyn stasjɔ̃ də metro pur puvwar mə deplase fasilmã]

   我想要找一個靠近地鐵站的住處，好方便搭乘地鐵。

2. **Je cherche un studio sur une ligne de métro.**

   [ʒə ʃɛrʃ œ̃ stydjo syr yn liɲ də metro]

   我在找一個靠近地鐵的套房。

3. **Je voudrais chercher un logement à faible coût.**

   [ʒə vudrɛ ʃɛrʃe œ̃ lɔʒmã a fɛbl ku]

   我想找一個便宜的住處。

4. **Vous avez une chambre libre?**

   [vu zave yn ʃãbr libr]

   您有空房嗎？

5. **Avez-vous une chambre plus grande?**

   [avevu yn ʃãbr ply grãd]

   您有更大的房間嗎？

🪗 在大學城

1. **Comment est-ce qu'on obtient une chambre en résidence universitaire?**

   [kɔmã ɛs kɔ̃ ɔbtjɛ̃ yn ʃãbr ã rezidãs ynivɛrsitɛr]

   我們如何才能在大學城租到房子？

2. Quels types de logement offre-t-on?

[kɛl tip də lɔʒmɑ̃ tɔfr tɔ̃]

這裡提供哪種類型的房間？

3. Comment sont les chambres de la cité universitaire?

[kɔmɑ̃ sɔ̃ le ʃɑ̃br də la site yniversitɛr]

大學城的房間怎麼樣？

4. L'étudiant étranger peut-il demander une aide au logement?

[letydjɑ̃ tetrɑ̃ʒe pø til dəmɑ̃de ynɛd o lɔʒmɑ̃]

外國學生是否能夠申請住房補助？

5. Quels sont les tarifs des chambres?

[kɛl sɔ̃ le tarif de ʃɑ̃br]

房間價格怎麼算？

🪗 租房設備

1. Je cherche un appartement meublé / non meublé.

[ʒə ʃɛrʃ œ̃ napartəmɑ̃ mœble / nɔ̃ mœble]

我找一個含傢俱／不含傢俱的公寓。

2. Est-ce qu'il y a une douche et un coin-cuisine?

[ɛs ki li ja yn duʃ e œ̃ kwɛ̃ kɥizin]

有淋浴間和廚房嗎？

3. Il y a le chauffage?

[i li ja lə ʃofaʒ]

有暖氣嗎？

4. L'eau est-elle potable?

[lo ɛtɛl pɔtabl]

水可以直接喝嗎？

5. Je peux visiter?

[ʒə pø vizite]

我可以參觀一下嗎？

6. Il y a un ascenseur / un digicode / un parking?

[i li ja œ̃ nasɑ̃sœr / œ̃ diʒikɔd / œ̃ parkiŋ]

有電梯／電子鎖控／停車場嗎？

7. C'est libre tout de suite?

[sɛ libr tu də sɥit]

可以馬上入住嗎？

8. Il fait combien de mètres carrés?

[il fɛ kɔ̃bjɛ̃ də mɛtr kare]

房間多大（平方公尺）？

🪗 周邊環境

1. Est-ce que c'est calme?

[ɛs kə sɛ kalm]

這裡安靜嗎？

2. Quel est l'arrêt de bus le plus proche?

[kɛlɛ larɛ də bys lə ply prɔʃ]

最近的公車站是哪個？

3. Y a-t-il un hôpital près d'ici?

[jatil œ̃ nopital prɛ disi]

附近有醫院嗎？

4. Où est le supermarché le plus proche?

[u ɛ lə sypɛrmarʃe lə ply prɔʃ]

最近的超市在哪裡？

🪗 租金

1. Le loyer est de combien?

[lə lwaje ɛ də kɔ̃bjɛ̃]

租金是多少？

2. Quel est le montant de la caution?

[kɛlɛ lə mɔ̃tɑ̃ də la kosjɔ̃]

押金金額是多少？

3. Les charges sont comprises?

[le ʃarʒ sõ kõpriz]

水電等費用包括在內嗎？

4. On paie le loyer au début du mois.

[õ pɛ lə lwaje o deby dy mwa]

房租月初付。

5. Est-ce qu'on paie le loyer à l'avance ou à la fin du mois?

[ɛs kõ pɛ lə lwaje a lavãs u a la fɛ̃ dy mwa]

房租預付還是後付？

 合約

1. Le bail est d'un an au minimum.

[lə baj ɛ dœ̃ nã o minimɔm]

租房合約最少一年。

2. Je voudrais renouveler / résilier le bail.

[ʒə vudrɛ rənuvle / rezilie lə baj]

我想續簽／解除租房合約。

3. Est-ce qu'il faut un garant?

[ɛs kil fo tœ̃ garã]

需要擔保人嗎？

4. Quand est-ce que je peux emménager?

[kã dɛs kə ʒə pø ãmenaʒe]

我什麼時候可以搬進來？

單字充電站

▶▶ 租房

le logement [lə lɔʒmɑ̃] 住房	**la chambre** [la ʃɑ̃br] 房間	**le studio** [lə stydjo] 套房
déménager [demenaʒe] 搬家（搬出）	**emménager** [ɑ̃menaʒe] 搬家（搬入）	**le loyer** [lə lwaje] 房租
installer Internet [ɛ̃stale ɛ̃tɛrnɛt] 安裝網路	**la caution** [la kosjɔ̃] 押金	**les charges** [le ʃarʒ] （水、電、煤氣） 等費用
le garant [lə garɑ̃] 擔保人	**se porter garant** [sə pɔrte garɑ̃] 為別人做擔保	**payer le loyer** [pɛje lə lwaje] 付房租
verser une caution [vɛrse yn kosjɔ̃] 付押金	**la quittance** [la kuitɑ̃s] 收據	**l'allocation logement** [lalɔkasjɔ̃ lɔʒmɑ̃] 住房補貼
le bail [lə baj] 租約		**renouveler / résilier le bail** [rənuvle / rezilie lə baj] 續約／解除合約

l'agence immobilière
[laʒɑ̃s imɔbiljɛr]
房屋仲介

installer une ligne téléphonique
[ɛ̃stale yn liɲ telefonik]
安裝電話線

▶▶ 房屋形式

l'appartement
[lapartəmɑ̃]
公寓

la maison
[la mɛzɔ̃]
獨門（房屋）獨院

l'appartement T1 / T2 /T3
[lapartəmɑ̃ te œ̃ / te dø / te trwa]
一套房／一房一廳／兩房一廳（T 後面的數字表示公寓中除浴室、衛生間、廚房之外的房間數量，可以是臥室，也可以是客廳。）

▶▶ 內部結構和設施

l'entrée
[lɑ̃tre]
玄關

le couloir
[lə kulwar]
走廊

la pièce
[la pjɛs]
房（間）

le salon
[lə salɔ̃]
客廳

la salle de séjour
[la sal də seʒur]
起居室

la chambre d'enfant
[la ʃɑ̃br dɑ̃fɑ̃]
兒童房

la chambre d'ami
[la ʃɑ̃br dami]
客房

la salle à manger
[la sal a mɑ̃ʒe]
餐廳

la cuisine
[la kɥizin]
廚房

la salle de bains [la sal də bɛ̃] 浴室	les toilettes [le twalɛt] 廁所	la baignoire [la bɛɲwar] 浴缸
le placard [lə plakar] 壁櫥	le plancher [lə plɑ̃ʃe] 地板	le volet [lə vɔlɛ] 百葉窗
la cour [la kur] 院子	le jardin [lə ʒardɛ̃] 花園	

Je veux me faire raser.

🔊 036

美髮

🪗 剪頭髮

1. Je voudrais me faire couper les cheveux.

   [ʒə vudrɛ mə fɛr kupe le ʃəvø]

   我想剪頭髮。

2. Je voudrais me faire coiffer.

   [ʒə vudrɛ mə fɛr kwafe]

   我想理髮。

3. Faites-moi cette coiffure, s'il vous plaît.

   [fɛtmwa sɛt kwafyr sil vu plɛ]

   請幫我剪這個髮型。

4. Coupez-moi les cheveux ras / en brosse.

[kupemwa le ʃəvø ra / ɑ̃ bros]

請幫我剃光頭／平頭。

5. Laissez-moi les cheveux un peu longs devant, courts sur les côtés / derrière.

[lɛsemwa le ʃəvø œ̃ pø lɔ̃ dəvɑ̃ kur syr le kote / dɛrjɛr]

請把前面留長一點，兩邊／後面剪短一些。

6. Dégagez davantage / moins les tempes.

[degaʒe davɑ̃taʒ / mwɛ̃ le tɑ̃p]

請把鬢角剪短／留長一些。

7. Coupez-moi les cheveux plus courts sur la nuque.

[kupemwa le ʃəvø ply kur syr la nuk]

請把後腦勺的頭髮剪短一些。

8. Éclaircissez-moi un peu les cheveux.

[eklɛrsisemwa œ̃ pø le ʃəvø]

請把頭髮打薄一些。

9. Faites-moi une raie sur le côté / au milieu.

[fɛtmwa yn rɛ syr lə kɔte / o miljø]

請幫我旁分／中分。

10. Donnez-moi une glace pour me regarder derrière.

[dɔnemwa yn glas pur mə rəgarde dɛrjɛr]

請給我一面鏡子看看後面剪得如何。

11. Mettez-moi un peu de laque, s'il vous plaît.

[metemwa œ̃ pø də lak sil vu plɛ]

請幫我上一點髮膠。

12. Je veux me faire une permanente.

[ʒə vø mə fɛr yn pɛrmanɑ̃t]

我想燙頭髮。

13. J'ai les cheveux gras / secs.

[ʒɛ le ʃəvø gra / sɛk]

我的頭髮是油性／乾性的。

14. Je veux me faire raser.

[ʒə vø mə fɛr rase]

我想刮臉。

15. Voulez-vous me tailler la moustache / la barbe?

[vulevu mə taje la mustaʃ / la barb]

請幫我修修鬍子。

16. Pouvez-vous me faire une coloration?

[puvevu mə fɛr yn kɔlɔrasjɔ̃]

可以幫我染髮嗎？

17. Je voudrais me faire une coloration.

[ʒə vudrɛ mə fɛr yn kɔlɔrasjɔ̃]

我想染髮。

18. Est-ce que ce produit de coloration est sûr?

[ɛskə sə prɔdɥi də kɔlɔrasjɔ̃ ɛ syr]

這種染髮產品安全嗎？

19. Ce produit de coloration a provoqué une réaction d'allergie.

[sə prɔdɥi də kɔlɔrasjɔ̃ a prɔvoke yn reaksjɔ̃ dalɛrʒi]

這種染髮產品讓我過敏了。

20. Je vous dois combien?

[ʒə vu dwa kɔ̃bjɛ̃]

我該付多少錢？

Bonjour, je voudrais une coupe, s'il vous plaît. Est-ce que je dois prendre un rendez-vous?

[bɔ̃ʒur ʒə vudrɛ yn kup sil vu plɛ ɛskə ʒə dwa prɑ̃dr œ̃ rɑ̃de vu]

您好，我想剪頭髮。請問需要預約嗎？

 Ça ne sera pas nécessaire, madame. Je peux m'occuper de vous maintenant. Je suis disponible.

[sa nə səra pa nesesɛr madam ʒə pø mɔkype də vu mɛ̃tnɑ̃ ʒə sɥi dispɔnibl]

不需要，女士。我現在就有空，可以為您服務。

 Voulez-vous que je les lave?

[vulevu kə ʒə le lav]

需要洗髮嗎？

 Oui, s'il vous plaît.

[wi sil vu plɛ]

是的。

 J'espère que l'eau n'est pas trop chaude.

[ʒɛspɛr kə lo nɛ pa tro ʃod]

希望水溫不要太燙。

 La température vous convient?

[la tɑ̃peratyr vu kɔ̃vjɛ̃]

水溫還合適嗎？

Elle est bien tiède, comme j'aime.
Ni trop chaude, ni trop froide.

[ɛlɛ bjɛ̃ tjɛd kɔm ʒɛm ni tro ʃod ni tro frwad]

溫度剛好，不會太燙
也不會太冷。

 Vous avez une idée de ce que
vous voulez? Je vous laisse
regarder notre nouveau
catalogue. Peut-être que vous
allez trouver quelque chose qui
vous plaît.

[vu save ynide də sə kə vu vule ʒə vu lɛse
rəgarde nɔtr nuvo katalog pø tɛtr kə vu zale
truve kɛlkə ʃoz ki vu plɛ]

您想要怎樣的髮型？
給您看一下我們的新
髮型目錄，或許您可
以找到喜歡的髮型。

單字充電站

▶▶ 美髮用語

le coiffeur [lə kwafœr] 理髮師	le salon de coiffure [lə salɔ̄ də kwafyr] 理髮店	coiffer [kwafe] 替人理髮
la permanente [la pɛrmanɑ̄t] 燙髮	les ciseaux [le sizo] 剪刀	le rasoir [lə razwar] 剃刀

la coupe [la kup] 剪髮	la queue de cheval [la kø də ʃəval] 馬尾	la raie [la rɛ] （中分／平分）髮線
les tempes [le tɑ̃p] 鬢角	la barbe [la barb] 鬍鬚	la moustache [la mustaʃ] 小鬍子
le rendez-vous [lə rɑ̃de vu] 預約	le masque [lə mask] 面膜	teindre [tɛ̃dr] 染色
le cuir chevelu [lə kyir ʃəvly] 頭皮	les pellicules [le pelikyl] 頭皮屑	le dégradé [lə degrade] 打層次
la frange [la frɑ̃ʒ] 瀏海	le spray [lə sprɛ] 噴霧	le gel [lə ʒɛl] 凝露

J'ai perdu mes clés.

037

遇到問題時

🪗 尋求幫助

1. **Au secours!**
   [o səkur]

   救命！

2. **Qu'est-ce qui s'est passé?**
   [kɛs ki sɛ pase]

   發生什麼事了？

3. **À l'aide, s'il vous plaît.**
   [a lɛd sil vu plɛ]

   請幫幫忙！

4. **Pourriez-vous m'aider, s'il vous plaît?**
   [purjevu mede sil vu plɛ]

   請幫我一下好嗎？

5. **J'ai été agressé. Pouvez-vous appeler la police pour moi?**
   [ʒɛ ete agrɛse puvevu aple la polis pur mwa]

   有人襲擊我，能幫我報警嗎？

6. **Pouvez-vous me conduire au commissariat de police?**
   [puvevu mə kɔ̃dɥir o kɔmisarja də polis]

   能送我去警察局嗎？

7. **Pouvez-vous me conduire à une station de bus?**
   [puvevu mə kɔ̃dɥir a yn stasjɔ̃ də bys]

   能送我去公車站嗎？

8. **Appelez la police! (en cas d'urgence)**
   [aple la polis (ã ka dyrʒãs)]

   快報警！（緊急情況用）

遺失物品

1. J'ai perdu / égaré mes clefs (clés).
   [ʒɛ pɛrdy / egare me kle]

   也可以將　　　換成以下單字。

   - passeport [mɔ̃ paspɔr]
   - billet de train [mɔ̃ bijɛ də trɛ̃]
   - ticket de métro [mɔ̃ tikɛ də metro]
   - portefeuille [mɔ̃ pɔrtəfœj]

2. J'ai laissé mon sac à main dans le métro.
   [ʒɛ lɛse mɔ̃ saka mɛ̃ dɑ̃ lə metro]

3. J'ai laissé mes bagages dans le taxi.
   [ʒɛ lɛse me bagaʒ dɑ̃ lə taksi]

4. Où est le service des objets trouvés?
   [u ɛ lə sɛrvis de zɔbʒɛ truve]

5. Pourriez-vous m'aider à le retrouver?
   [purjevu mede a lə rətrouve]

6. Pourriez-vous me contacter si vous le retrouvez?
   [purjevu mə kɔ̃takte si vu lə retruve]

我弄丟了我的鑰匙。

護照

火車票

地鐵票

錢包

我把手提包忘在地鐵裡了。

我把行李忘在計程車裡了。

失物招領處在哪裡？

您能幫我尋找嗎？

如果找到的話能聯繫我嗎？

🪗 交通事故

1. Nous avons eu un accident de voiture.

   [nu zavɔ̃ y œ̃ naksidɑ̃ də vwatyr]

   我們遇到了交通事故。

2. Pourriez-vous nous envoyer une dépanneuse / les secours? (à la gendarmerie en cas d'accident)

   [purjevu nu ɑ̃vwaje yn depanøz / le səkur (a la ʒɑ̃darməri ɑ̃ ka daksidɑ̃]

   能派一輛修理車來嗎？／能提供緊急救援嗎？（出事後向員警求助時說）

3. Je suis passé au feu vert.

   [ʒə sɥi pase o fø vɛr]

   我通過時還是綠燈。

4. J'ai eu un accrochage avec une moto.

   [ʒɛ y œ̃ nakroʃaʒ avɛk yn mɔto]

   我和一輛摩托車發生擦撞。

5. Je respectais la limite de vitesse lors de l'accrochage.

   [ʒə rɛspktɛ la limit də vitɛs lɔr də lakroʃaʒ]

   發生擦撞時我沒有超速。

6. Quelqu'un a été blessé.

   [kɛlkœ̃ a ete blɛse]

   有人受傷了。

7. Appelez l'ambulance! (en cas d'urgence)

   [apəle lɑ̃bylɑ̃s (ɑ̃ ka dyrʒɑ̃s)]

   快叫救護車！（緊急情況用）

8. La voiture est tombée en panne.

   [la vwatyr ɛ tɔ̃be ɑ̃ pan]

   車子故障了。

9. Un pneu a explosé.

   [œ̃ pnø a ɛksploze]

   一個輪胎爆胎了。

遭竊

1. On m'a volé mes papiers. Voulez-vous en déclarer la perte au consulat pour moi?

    [ɔ̃ ma vɔle me papie vulevu ɑ̃ deklare la pɛrt o kɔ̃syla pur mwa]

    我的證件被偷了。能幫我在領事館掛失嗎？

2. On m'a volé mon passeport.

    [ɔ̃ ma vɔle mɔ̃ paspɔr]

    我的護照被偷了。

3. Je me suis fait voler.

    [ʒə mə sɥi fɛ vɔle]

    我遇到小偷了。

4. On a volé mon argent. Pouvez-vous me dépanner?

    [ɔ̃ na vɔle mɔ̃ narʒɑ̃ puvevu mə depane]

    我的錢被偷了。能借我一點錢急用嗎？

5. On a été cambriolé.

    [ɔ̃ na ete kɑ̃brijɔle]

    家裡失竊了。

6. Serait-ce possible de retrouver mon vélo?

    [sərɛsə pɔsibl də rətruve mɔ̃ velo]

    有可能找回我的自行車嗎？

7. Il s'est enfui en moto.

    [il sɛ tɑ̃fy ɑ̃ mɔto]

    他騎摩托車逃逸了。

 小孩走失

1. Je suis perdu / égaré.
   [ʒə sɥi pɛrdy / egare]

   我迷路了。

2. Mon enfant a disparu.
   [mɔ̃ nãfã a dispary]

   我的孩子不見了。

3. C'est une petite fille / un petit garçon de 5 ans.
   [sɛ tyn pətit fij / œ̃ pəti garsɔ̃ də sɛ̃kã]

   是一個五歲的女孩／男孩。

4. Elle s'appelle Léa.
   [ɛl sapɛl lɛa]

   她叫蕾亞。

5. Elle portait une casquette jaune, un pantalon bleu et un pull blanc.
   [ɛl pɔrtɛ yn kaskɛt ʒon œ̃ pãtalɔ̃ blø e œ̃ pyl blã]

   她（走失時）頭戴黃色鴨舌帽，身穿藍色褲子和白色套頭衫。

6. Aidez-moi, s'il vous plaît, à retrouver mon enfant.
   [edemwa sil vu plɛ a rətruve mɔ̃ nãfã]

   請幫我找回我的孩子。

 單字充電站

▶▶ 求助／事件

---

le commissariat de police
[lə kɔmisarja də pɔlis]
警察局

---

le cambriolage
[lə kãbrijɔlaʒ]
入室竊盜

---

le service des objets trouvés
[lə sɛrvis de zɔbʒɛ truve]
失物招領處

la disparition
[la disparisjɔ̃]
失蹤

le voleur
[lə vɔlœr]
小偷

le pickpocket
[lə pikpɔkɛt]
扒手

l'incendie
[lɛ̃sɑ̃di]
火災

la fuite de gaz
[la fɥit də gaz]
煤氣外漏

l'infraction routière
[lɛ̃fraksjɔ̃ rutjɛr]
道路違規

l'excès de vitesse
[lɛksɛ də vitɛs]
超速

l'amende forfaitaire
[lamɑ̃d fɔrfɛtɛr]
違規罰款

le non-respect des règles de stationnement
[lə nɔ̃ rɛspɛ de rɛgl də stasjɔnmɑ̃]
違規停車

J'ai de la fièvre.

038

生病時

🪗 尋求幫助

1. Y a-t-il un hôpital près d'ici?
   [jatil œ̃ nopital prɛ disi]

   附近有醫院嗎?

2. Où se trouve le service des urgences?
   [u sə truv lə sɛrvis de zyrʒɑ̃s]

   急診在哪裡?

3. Pouvez-vous m'appeler un médecin / une ambulance?
   [puvevu mapəle œ̃ medsɛ̃ / ynɑ̃bylɑ̃s]

   能幫我叫醫生／救護車嗎?

4. Pouvez-vous faire venir le médecin à l'adresse suivante?
   [puvevu fɛr vənir lə medsɛ̃ a ladrɛs sɥivɑ̃t]

   能幫我叫一位醫生到這個地址嗎?

5. Je dois voir un médecin.
   [ʒə dwa vwar œ̃ medsɛ̃]

   我需要看醫生。

🪗 掛號

1. Bonjour! Je voudrais prendre rendez-vous pour une consultation.
   [bɔ̃ʒur ʒə vudrɛ prɑ̃dr rɑ̃devu pur yn kɔ̃syltasjɔ̃]

   您好!我想預約門診。

2. Je voudrais prendre rendez-vous avec le docteur Colin.
   [ʒə vudrɛ prɑ̃dr rɑ̃de vu avɛk lə dɔktœr kɔlɛ̃]

   我想預約柯林醫生。

3. Bonjour, docteur. Je voudrais avoir un petit entretien avec vous.

[bɔ̃ʒur dɔktœr ʒə vudrɛ avwar œ̃ pəti tɑ̃trətjɛ̃ avɛk vu]

醫生，您好。我想和您談談。

🪗 自訴症狀

1. J'ai mal au cœur.

[ʒɛ malo kœr]

我心臟不舒服。

2. J'ai des troubles intestinaux.

[ʒɛ de truble ɛ̃tɛstino]

我腸胃有問題。

3. J'ai eu un léger malaise.

[ʒɛ y œ̃ leʒe malɛs]

我有點不舒服。

4. J'ai eu un étourdissement.

[ʒɛ y œ̃ eturdismɑ̃]

我頭昏。

5. J'ai fréquemment des vertiges.

[ʒɛ frekamɑ̃ de vɛrtiʒ]

我經常暈眩。

6. J'ai du mal à respirer.

[ʒɛ dy mal a rɛspire]

我呼吸困難。

7. J'ai des frissons.

[ʒɛ de frisɔ̃]

我打寒顫。

8. Je transpire beaucoup.

[ʒə trɑ̃spir boku]

我一直在出汗。

9. Depuis plusieurs jours, j'ai la diarrhée.

[dəpɥi plyzjœr ʒur ʒɛ la djare]

我腹瀉好幾天了。

10. J'ai de la constipation.

[ʒɛ də la kõstipasjõ]

我便祕。

11. Je me réveille la nuit.

[ʒə mə revej la nɥi]

我晚上經常醒來。

12. Je me sens dans un état dépressif.

[ʒə mə sãs dã zœ̃ neta depresif]

我感到情緒低落。

13. De temps en temps, mon cœur bat très vite.

[də tã zã tã mõ kœr ba trɛ vit]

我心臟有時跳得很快。

14. J'ai pris trop de poids.

[ʒɛ pri tro də pwa]

我體重一下子增加很多。

15. J'ai beaucoup maigri.

[ʒɛ boku mɛgri]

我瘦了很多。

16. Je me suis coupé aux mains.

[ʒə mə sɥi kupe o mɛ̃]

我割破了手。

17. Je me suis blessé aux pieds.

[ʒə mə sɥi blɛse o pje]

我的腳受傷了。

 與醫生對話

1. Quel est mon problème?

[kɛlɛ mõ prɔblɛm]

我有什麼問題？

2. Je suis enceinte.

[ʒə sɥi ãsɛ̃t]

我懷孕了。

3. Je ne connais pas mon groupe sanguin.

[ʒə nə kɔnɛ pa mõ grup sãgɛ̃]

我不知道自己的血型。

4. Je n'ai jamais subi ce genre d'analyse.

[ʒə nɛ ʒamɛ sybi sə ʒãnr danaliz]

我沒有做過這種檢查。

5. C'est le groupe A / B / O / AB.

[sɛ lə grup a / be / o / abe]

是 A／B／O／AB 型。

6. Je suis allergique aux produits à base d'arachide.

[ʒə sɥi salɛrʒik o prodɥi a bas daraʃid]

我對花生產品過敏。

7. Je suis allergique aux antibiotiques / à la pénicilline.

[ʒə sɥi salɛrʒik o ãtibjɔtik / a la penisilin]

我對抗生素／青黴素過敏。

別人生病時

1. Mon ami est malade.

[mõ nami ɛ malad]

我朋友生病了。

2. Il a perdu conscience.

[i la pɛrdy kõsjãs]

他失去意識了。

受傷

1. Je suis blessé.

[ʒə sɥi blɛse]

我受傷了。

2. Je me suis cassé la jambe.

[ʒə mə sɥi kase la ʒãb]

我的腿骨折了。

3. Je me suis tordu le poignet.

[ʒə mə sɥi tordy lə pwaɲɛ]

我扭到手了。

4. J'ai été heurté par un véhicule.
[ʒɛ ete œrte par œ̃ veikyl]

我被車撞了。

5. Je suis tombé d'une échelle.
[ʒə sɥi tombe dyn eʃɛl]

我從梯子上摔下來了。

6. J'ai fait un faux pas en descendant l'escalier.
[ʒɛ fɛ œ̃ fo pa ɑ̃ desɑ̃dɑ̃ lɛskalje]

我下樓梯時踩空了。

7. J'ai fait une chute de ski.
[ʒɛ fɛ yn ʃyt də ski]

我滑雪摔倒了。

8. Je me suis brûlé.
[ʒə mə sɥi bryle]

我燙傷了。

🪗 服藥

1. J'ai peur des piqûres.
[ʒɛ pœr de pikyr]

我害怕打針。

2. Comment se prend ce médicament?
[kɔmɑ̃ sə prɑ̃ sə medikamɑ̃]

這種藥怎麼服用？

3. Quand est-ce que je dois revenir?
[kɑ̃ dɛs kə ʒə dwa rəvnir]

我什麼時候復診？

4. Pensez-vous que ce sera suffisant?
[pɑ̃sevu kə sə səra syfizɑ̃]

您覺得這些藥足夠嗎？

5. Est-ce que c'est grave? Je ne suis pas rassuré.
[ɛskə sɛ grav ʒə nə sɥi pa rasyre]

嚴重嗎？我有些不放心。

6. Mâchez le médicament avant de l'avaler.

[maʃe lə medikamã avã də lavale]

咀嚼後吞服。

7. Laissez fondre le comprimé sous la langue.

[lɛse fõdr lə kõprime su la lãg]

將藥片置於舌頭底下，使其溶化。

8. Prenez trois gélules trois fois par jour avant les repas / après les repas / avec les repas / avant de vous coucher / le matin au réveil.

[prəne trwa ʒelyl trwa fwa par ʒur avã le rəpa / aprɛ le rəpa / avɛk le rəpa / avã də vu kuʃe / lə matẽ o revɛj]

一日三次，每次三粒，飯前／飯後／用餐時／睡前／早晨醒來後服用。

 單字充電站

▶▶ **看醫生**

malade [malad] 生病的	blessé [blɛse] 受傷的	le médecin [lə medsẽ] 醫生
l'acupuncture [lakypõktyr] 針灸	la médecine traditionnelle chinoise [la medsin tradisjɔnɛl ʃinwaz] 中醫	
l'infirmier, ère [lẽfirmje, -ɛr] 護理師	le (la) malade [lə (la) malad] 病人	l'hôpital [lopital] 醫院

la clinique [la klinik] （私人）診所	la consultation [la kɔ̃syltasjɔ̃] 門診部	l'accueil [lakœj] 接待處
la salle d'attente [la sal datɑ̃t] 候診室	la salle d'urgence [la sal dyrʒɑ̃s] 急診室	l'infirmerie [lɛ̃firməri] 護理室
la salle d'opération [la sal dɔperasjɔ̃] 手術室	le bureau des admissions [lə byro de sadmisjɔ̃] 住院部	la maison de repos [la mɛzɔ̃ də rəpo] 療養院
la piqûre [la pikyr] 打針	l'ambulance [lɑ̃bylɑ̃s] 救護車	la transfusion sanguine [la trɑ̃sfyzjɔ̃ sɑ̃gin] 輸血
le régime [lə reʒim] 飲食療法	la contre-indication [la kɔ̃trɛ̃dikasjɔ̃] 禁忌症	

▶▶ 醫院內各科名稱

la consultation [la kɔ̃syltasjɔ̃] 門診	la chirurgie [la ʃiryrʒi] 外科	la médecine générale [la medsin ʒeneral] 普通科

la gastro-entérologie
[la gastrɔ ɑ̃terolɔʒi]
腸胃科

la cardiologie
[la kardjolɔʒi]
心臟科

la pneumologie
[la pnømɔlɔʒi]
肺科

la rhumatologie
[la rymatɔlɔʒi]
關節科

l'urologie-néphrologie
[lyrolɔʒi nefrɔlɔʒi]
泌尿腎臟科

la dermatologie
[la dɛrmatɔlɔʒi]
皮膚科

la gynécologie et obstétrique
[la ʒinekɔlɔʒi e ɔbsterik]
婦產科

la pédiatrie
[la pedjatri]
兒科

la stomatologie
[la stomatɔlɔʒi]
口腔科

l'oto-rhino-laryngologie
[lɔtorinolarε̃gɔlɔʒi]
耳鼻喉科

l'ophtalmologie
[lɔftalmɔlɔʒi]
眼科

l'endocrinologie
[lɑ̃dɔkrinɔlɔʒi]
內分泌科

la psychiatrie
[la psikjatri]
精神科

la neurologie
[la nørɔlɔʒi]
神經科

les maladies infectieuses
[le maladi ε̃fɛksjøz]
傳染病

l'urgence
[lyrʒɑ̃s]
急診

l'hospitalisation
[lɔspitalizasjɔ̃]
住院

▶▶ 症狀

la température corporelle [la tɑ̃peratyr kɔrpɔrɛl] 體溫	**la fièvre** [la fjɛvr] 發燒	**Des frissons** [de frisɔ̃] 畏寒
la fatigue [la fatig] 疲倦	**le coup de froid** [lə ku də frwa] 著涼	**le coup de chaleur** [lə ku də ʃalœr] 中暑
la transpiration [la trɑ̃spirasjɔ̃] 出汗	**la sueur** [la sɥœr] 汗液	**la toux** [la tu] 咳嗽
le crachat [lə kraʃa] 痰	**la démangeaison** [la demɑ̃ʒɛzɔ̃] 搔癢	**le vomissement** [lə vɔmismɑ̃] 嘔吐
la nausée [la noze] 噁心	**l'infection** [lɛ̃fɛksjɔ̃] 感染	**le déshydratation** [lə dezidratasjɔ̃] 脫水
la douleur [la dulœr] 疼痛	**la colique** [la kɔlik] 絞痛	**la plaie** [la plɛ] 傷口

la brûlure	l'hémorragie	l'entorse
[la brylyr]	[lemoraʒi]	[lɑ̃tɔrs]
燒傷	出血	扭傷

la fracture	l'évanou-issement	l'étour-dissement
[la fraktyr]	[levanwismɑ̃]	[leturdismɑ̃]
骨折	昏迷	頭暈

le nez bouché	l'éternuement	le mal de gorge
[lə ne buʃe]	[letɛrnymɑ̃]	[lə mal də gɔrʒ]
鼻塞	打噴嚏	喉嚨痛

l'amygdalite	l'insomnie	le mal de dents
[lamidalit]	[lɛ̃sɔmni]	[lə mal de dɑ̃]
扁桃腺發炎	失眠	牙痛

▶▶ 身體部位

le corps	la tête	la peau
[lə kɔr]	[la tɛt]	[la po]
身體	頭	皮膚

les cheveux	le visage	le front
[le ʃəvø]	[lə vizaʒ]	[lə frɔ̃]
頭髮	臉	額頭

l'œil	les yeux	le nez
[lœj]	[le zjø]	[lə ne]
眼睛（單數）	眼睛（複數）	鼻子

la bouche [la buʃ] 嘴巴	l'oreille [lɔrɛj] 耳朵	le menton [lə mɑ̃tɔ̃] 下巴
le cou [lə ku] 脖子	l'épaule [lepol] 肩膀	la poitrine [la pwatrin] 胸膛
le sein [lə sɛ̃] 乳房	le ventre [lə vɑ̃tr] 腹部	le nombril [lə nɔ̃bril] 肚臍
le bras [lə bra] 手臂	l'avant-bras [lavɑ̃bra] 前臂	le coude [lə kud] 手肘
le poignet [lə pwaɲɛ] 手腕	la main [la mɛ̃] 手	le doigt [lə dwa] 手指
l'ongle [lɔ̃gl] 指甲	la cuisse [la kɥis] 大腿	la jambe [la ʒɑ̃b] 腿
le genou [lə ʒənu] 膝蓋	la cheville [la ʃəvij] 腳踝	le pied [lə pje] 腳
l'orteil [lɔrtɛj] 腳趾	la taille [la taj] 腰	les hanches [le zɑ̃ʃ] 髖

les os
[le zo]
骨骼

le sang
[lə sɑ̃]
血液

le foie
[lə fwa]
肝臟

les poumons
[le pumɔ̃]
肺

les reins
[le rɛ̃]
腎

le cœur
[lə kœr]
心臟

l'estomac
[lɛstɔma]
胃

le nerf
[lə nɛr]
神經

l'intestin
[lɛ̃tɛstɛ̃]
腸子

le muscle
[lə myskl]
肌肉

la veine
[la vɛn]
靜脈

l'artère
[lartɛr]
動脈

▶▶ 藥品和用品

le médicament
[lə medikamɑ̃]
藥物

la pharmacie
[la farmasi]
藥房

l'aspirine
[laspirin]
阿斯匹靈

l'ordonnance
[lɔrdɔnɑ̃s]
處方

le médicament à ordonnance
obligatoire
[lə medikamɑ̃ a ɔrdɔnɑ̃s ɔbligatwar]
處方藥

le médicament sans ordonnance
[lə medikamɑ̃ sɑ̃ zɔrdɔnɑ̃s]
非處方藥

la capsule
[la kapsyl]
膠囊藥丸

la tablette [la tablɛt] 含片	**la pastille** [la pastij] 甜味藥片	**la potion** [la posjɔ̃] 藥水
le sirop [lə siro] 糖漿	**l'infusion** [lɛ̃fyzjɔ̃] 浸劑	**la pommade** [la pɔmad] 軟膏
le patch [lə patʃ] 衛生膠布	**la gaze** [la gɑz] 紗布	**l'armoire à pharmacie** [larmwar a farmasi] 家庭藥箱
la trousse de secours [la trus də səkur] 急救包	**le thermomètre buccal** [lə tɛrmɔmɛtr bykal] 口腔溫度計	**la pince** [la pɛ̃s] 小鉗子
l'alcool [lalkɔl] 酒精	**le pansement adhésif** [lə pɑ̃smɑ̃ tadezif] 黏性繃帶	**le coton hydrophile** [lə kotɔ̃ idrɔfil] 棉花球
le coton-tige [lə kotɔ̃tiʒ] 棉花棒	**le bain de bouche** [lə bɛ̃ də buʃ] 漱口水	**les gouttes oculaires** [le gut ɔkylɛr] 眼藥水
la vaseline [la vazlin] 凡士林	**l'amphétamine** [lɑ̃fetamin] 安非他命	**le somnifère** [lə sɔmnifɛr] 安眠藥

les médicaments anti-rhume
[le medikamɑ̃ ɑ̃ti rym]
感冒藥

l'antiallergique
[lɑ̃tialɛrʒik]
抗過敏藥

l'anxiolytique
[lɑ̃ksjɔlitik]
抗焦慮藥

l'antitabac
[lɑ̃titaba]
戒菸藥

l'antibiotique
[lɑ̃tibjɔtik]
抗生素

l'antiémétique
[lɑ̃tiemetik]
止吐藥

l'anti-fièvre
[lɑ̃tifjɛvr]
退燒藥

le paracétamol
[lə parasetamɔl]
止痛藥

l'antidiarrhéique
[lɑ̃tidjareik]
止瀉藥

l'antitussif
[lɑ̃titysif]
止咳藥

l'anti-démangeaison
[lɑ̃tidemɑ̃ʒɛzɔ̃]
止癢藥

l'insuline
[lɛ̃sylin]
胰島素

le moteur de recherche

039

電腦用語

 上網

se connecter à Internet
[sə kɔnɛkte a ɛ̃tɛrnɛt]
上網

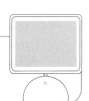

▶▶ 電腦相關產品名稱

l'ordinateur [lɔrdinatœr] 電腦	l'ordinateur portable [lɔrdinatœr pɔrtabl] 筆記型電腦	l'ordinateur de bureau [lɔrdinatœr də byro] 桌上型電腦
l'écran [lekrɑ̃] 螢幕	la souris [la suri] 滑鼠	le CPU [lə sepey] 中央處理器
le disque dur [lə disk dyr] 硬碟	la clé USB [la kle yɛsbe] 隨身碟	l'imprimante [lɛ̃primɑ̃t] 印表機
le scanner [lə skane] 掃描器	la disquette [la diskɛt] 磁片	le clavier [lə klavje] 鍵盤

la carte
mémoire
[la kart memwar]
記憶卡

la webcam
[la wɛbkam]
網路攝影機

le casque-micro
[lə kask mikro]
頭戴式耳機麥克風

le modem
[lə mɔdɛm]
數據機

le lecteur de
cartes mémoires
[lə lɛktœr də kart memwar]
讀卡機

le routeur
[lə rutœr]
路由器

▶▶ 電腦介面名稱

la flèche
[la flɛʃ]
游標

la barre
d'outils
[la bar dutil]
工具欄

les contacts
[le kɔ̃takt]
聯繫人

le logiciel
antivirus
[lə lɔʒisjɛ ɑ̃tivirys]
防毒軟體

le virus
[lə virys]
病毒

le menu
[lə məny]
選單

hors ligne
[ɔr liɲ]
離線

en ligne
[ɑ̃ liɲ]
線上

l'extension
[lɛkstɑ̃sjɔ̃]
副檔名

la corbeille
[la kɔrbɛj]
垃圾筒

le fond d'écran
[lə fɔ̃ dekrɑ̃]
桌面背景

la capture
d'écran
[la kaptyr dekrɑ̃]
螢幕截圖

le matériel
[lə materjɛl]
硬體

le site Internet
[lə sit ɛ̃tɛrnɛt]
網站

le fichier
[lə fiʃje]
文件

le logiciel
[lə lɔʒisjɛl]
軟體

le dossier
[lə dosje]
資料夾

la page Web
[la paʒ wɛb]
網頁

la police
[la pɔlis]
字體

la taille
[la taj]
字型大小

la page d'accueil
[la paʒ dakœj]
首頁

la pièce jointe
[la pjɛs ʒwɛ̃t]
附件

la boîte de réception
[la bwat də resɛpsjɔ̃]
收件匣

le courriel / l'e-mail / le courrier électronique
[lə kurjɛl / limɛl / lə kurjɛl elɛktrɔnik]
電子郵件

l'écran de veille
[lekrɑ̃ də vɛj]
螢幕保護程式

le portail
[lə pɔrtaj]
入口網站

le moteur de recherche
[lə mɔtœr də rəʃɛrʃ]
搜尋引擎

▶ 操作

créer une archive
[kree ynarʃiv]
建立一個壓縮檔

installer
[ɛ̃stale]
安裝

annuler
[anyle]
取消

scanner
[skane]
掃描

cliquer / double-cliquer le bouton gauche de la souris
[klike / dubl klike lə butɔ̄ goʃ də la suri]
單擊／雙擊滑鼠左鍵

redémarrer
[rədemare]
重新啟動

télécharger
[teleʃarʒe]
下載

saisir
[sɛzir]
輸入

formater
[fɔrmate]
格式化

sauvegarder
[sovgarde]
保存

copier
[kɔpje]
複製

couper
[kupe]
剪下

démarrer (allumer) / arrêter (éteindre) l'ordinateur
[demare (alyme) / arɛte (etɛ̃dr) lɔrdinatœr]
開機／關機

cliquer sur Rechercher
[klike syr rəʃɛrʃe]
點擊搜索

coller
[kɔle]
貼上

enregistrer
[ɑ̃rʒistre]
儲存／註冊

le traitement de texte
[lə trɛtmɑ̄ də tɛkst]
文字處理

▶▶ 其他

l'internaute [lɛ̃tɛrnot] 網友	**le blog** [lə blɔg] 部落格	**l'outil de conversation** [luti də kɔ̃vɛrsasjɔ̃] 聊天工具
le hacker [lə akør] 駭客	**le cybercafé** [lə sibɛrkafe] 網咖	**chatter en temps réel** [ʃate ɑ̃ tɑ̃ reɛl] 即時網路聊天
l'émoticône [lemɔtikon] 表情符號	**la capacité de mémoire** [la kapasite də memwar] 記憶體容量	

Je me sens vraiment seul sans toi.

◀)) 040

喜怒哀樂

 喜

1. **Je suis très heureux.**
   [ʒə sɥi trɛ zœrø]

   我很幸福。

2. **C'est super!**
   [sɛ sypɛr]

   太棒了！

3. C'est chouette!

[sɛ ʃwɛt]

我為您感到高興。

4. Je me réjouis de votre bonheur.

[ʒə mə reʒwi də vɔtr bɔnœr]

太好了！

▶ 關於「喜」的其他表達

cool	génial,e	magnifique
[kul]	[ʒenjal]	[maɲifik]
酷	棒	好極了

être heureux comme un roi
[ɛtr œrø kɔm œ̃ rwa]
像國王一樣幸福（比喻非常幸福）

 怒

1. Je suis indigné.

[ʒə sɥi zɛ̃diɲe]

我很憤怒。

2. Je suis révolté.

[ʒə sɥi revɔlte]

我很氣憤。

3. Ça me révolte.

[sa mə revɔlt]

這讓我很氣憤。

4. C'est insupportable!

[sɛ tɛ̃sypɔrtabl]

這令人難以忍受。

5. Je suis dégoûté.

[ʒə sɥi degute]

我覺得噁心。

6. C'est abominable.
[sɛ tabɔminabl]

真是駭人聽聞。

7. C'est injuste.
[sɛ tɛ̃ʒyst]

這不公平。

▶▶ **關於「怒」的其他表達**

énerver	agacer	incompréhensible
[enɛrve]	[agase]	[ɛ̃kɔ̃preɑ̃sibl]
激怒	令人不快	無法理解

 哀

1. C'est malheureux.
[sɛ malœrø]

這太不幸了。

2. C'est désolant.
[sɛ dezɔlɑ̃]

這令人遺憾。

3. C'est affligeant.
[sɛ tafliʒɑ̃]

這令人悲痛。

4. Je suis triste.
[ʒə sɥi trist]

我很難過。

5. Quel malheur!
[kɛl malœr]

多麼不幸啊！

6. Ça me fait de la peine.
[sa mə fɛ də la pɛn]

這讓我很難過。

7. Je n'ai pas le moral.
[ʒə nɛ pa lə mɔral]

我沒有心情。

8. J'en ai marre.

[ʒɑ̃ nɛ mar]

我膩了。

9. J'en ai assez.

[ʒɑ̃ nɛ ase]

我受夠了。

10. Je déprime.

[ʒə deprim]

我情緒低落。

11. J'angoisse.

[ʒɑ̃gwas]

我焦慮。

12. Ça me donne du souci.

[sa mə dɔn dy susi]

這讓我憂慮。

13. Je suis inquiet.

[ʒə sɥi zɛ̃kjɛ]

我很擔心。

14. Ça me trouble.

[sa mə trubl]

這讓我不安。

15. Je m'ennuie à mourir.

[ʒə mɑ̃nɥi a murir]

我無聊死了。

▶▶ 關於「哀」的其他表達

angoissé, e
[ɑ̃gwase]
焦慮的

soucieux, se
[susjø (z)]
憂慮的

déprimé, e
[deprime]
抑鬱的

avoir le cafard
[avwar lə kafar]
感到沮喪

avoir le moral à zéro
[avwar lə mɔral a zero]
感到萎靡不振

> **avoir le moral dans les chaussettes (fam.)**
> [avwar lə mɔral dɑ̃ le ʃosɛt]
> （俗）打不起一點精神

 樂

1. Il est de bonne humeur aujourd'hui.　　他今天心情很好。

   [i lɛ də bɔn ymœr oʒurdɥi]

2. Vous avez l'air en (pleine) forme.　　您看上去狀態很好。

   [vu zave lɛr ɑ̃ (plɛ̃) fɔrm]

3. Vous avez l'air ravi.　　您看上去容光煥發。

   [vu zave lɛr ravi]

▶▶ 關於「樂」的其他表達

> **joyeux, se**
> [ʒwajø (z)]
> 高興的

> **satisfait, e**
> [satisfɛ (t)]
> 滿意的

> **content, e**
> [kɔ̃tɑ̃ (t)]
> 滿足的，高興的

Pierre me plaît.

◀)) 041

戀愛了

🪗 喜歡／單戀

1. Pierre me plaît.

   [pjɛr mə plɛ]

   我對皮耶有好感。

2. J'ai eu un coup de foudre pour Pauline. Mais je n'ose pas le lui dire.

   [ʒɛ y œ̃ ku də fudr pur polin mɛ ʒə noz pa lə lɥi dir]

   我對寶琳娜一見鍾情。
   可是我不敢對她告白。

3. Je suis amoureuse de Michel.

   [ʒə sɥi zamurøz də miʃɛl]

   我愛上了米榭爾。

4. Je suis tombé amoureux de Cécile.

   [ʒə sɥi tɔ̃be amurø də sesilə]

   我愛上了塞西爾。

5. J'ai rencontré l'homme / la femme de ma vie.

   [ʒɛ rãkɔ̃tre lɔm / la fam də ma vi]

   我遇到了我的真命天子
   （女）。

🪗 告白

1. Je t'aime.

   [ʒə tɛm]

   我愛你。

2. Je vous aime.

   [ʒə vu zɛm]

   我愛你們。

3. Tu me plais beaucoup.

[ty mə plɛ boku]

我很喜歡你。

4. Vous me plaisez.

[vu mə pleze]

我喜歡你們。

談論魅力

1. Elle est attirante.

[ɛ lɛ tatirɑ̃t]

她很有吸引力。

2. Elle est séduisante.

[ɛ lɛ sedɥizɑ̃t]

她很迷人。

3. Il m'attire.

[il matir]

他很吸引我。

4. Il a du charme.

[i la dy ʃarm]

他很有魅力。

談論兩人之間的關係

1. Ils sont ensemble.

[il sɔ̃ ɑ̃sɑ̃bl]

他們在一起。

2. Ils sortent ensemble.

[il sɔrt ɑ̃sɑ̃bl]

他們出雙入對。

3. Ils sont tombés amoureux (l'un de l'autre).

[il sɔ̃ tɔ̃be amurø (lœ̃ də lotr)]

他們相愛了。

介紹自己的伴侶

1. C'est mon ami / mon petit ami / mon mari.

   [sɛ mɔ̃ nami / mɔ̃ pəti tami / mɔ̃ mari]

   這是我朋友／男朋友／丈夫。

2. C'est mon amie / ma petite amie / ma femme.

   [sɛ mɔ̃ nami / ma pətit tami / ma fam]

   這是我朋友／女朋友／妻子。

3. C'est mon époux / épouse.

   [sɛ mɔ̃ nepu / epuz]

   這是我丈夫／妻子。

4. C'est mon copain / ma copine.

   [sɛ mɔ̃ kɔpɛ̃ / ma kɔpin]

   這是我男朋友／女朋友。

 ## 邀約

會話

 Ça te dirait d'aller à Disneyland avec moi?

[sa tə dirɛ dale a dizniland avɛk mwa]

你要和我一起去迪士尼樂園嗎？

Avec plaisir!

[avɛk plɛzir]

好啊！

Je joue dans l'équipe de football de mon université.

校園生活

會話 1

Que faites-vous comme études?
[kə fɛtvu kɔm etyd]

您在大學學什麼？

Je fais des études de sociologie / de philosophie.
[ʒə fɛ de zetyd də sɔsjɔlɔʒi / də filɔzɔfi]

我學社會學／哲學。

會話 2

Quelle est votre spécialité?
[kɛlɛ vɔtr spesjalite]

您的專業是什麼？

Ma spécialité est l'économie.
[ma spesjalite ɛ lekɔnɔmi]

我的專業是經濟學。

▶ 各學科名稱

la faculté
[la fakylte]
學院

la Faculté de médecine
[la fakylte də medsin]
醫學院

le département
[lə departəmɑ̃]
系

le Département de droit
[lə departəmɑ̃ də drwa]
法律系

la Faculté de pharmacie
[la fakylte də farmasi]
藥學院

la Faculté des sciences de l'agriculture et de l'alimentation
[la fakylte de sjɑ̃s də lagrikyltyr e də lalimɑ̃tasjɔ̃]
農業與食品科學院

le Département d'économie
[lə departəmɑ̃ dekɔnɔmi]
經濟系

le Département de gestion
[lə departəmɑ̃ də ʒɛstjɔ̃]
管理學系

le Département des lettres modernes
[lə departəmɑ̃ de lɛtr mɔdɛrn]
現代文學系

le Département d'informatique
[lə departəmɑ̃ dɛ̃fɔrmatik]
資訊科技系

le Département de pédagogie
[lə departəmɑ̃ də pedagɔʒi]
教育學系

le Département de physique
[lə departəmɑ̃ də fizik]
物理系

le Département de chimie
[lə departəmɑ̃ də ʃimi]
化學系

le Département de sociologie [lə departəmɑ̃ də sɔsjɔlɔʒi] 社會學系	le Département de littérature de langue française [lə departəmɑ̃ de literatyr də lɑ̃g frɑ̃sɛz] 法語語言文學系
le Département de philosophie [lə departəmɑ̃ də filɔzɔfi] 哲學系	le Département de génie civil [lə departəmɑ̃ də ʒeni sivil] 土木工程系
la filière littéraire [la filjɛr literɛr] 文科	la filière scientifique [la filjɛr sjɑ̃tifik] 理科

 社團活動

 會話 1

 Tu es dans quelle association étudiante?

[ty ɛ dɑ̃ kɛl asɔsjasjɔ̃ etydjɑ̃t]

你參加什麼社團？

L'association sportive.

[lasɔsjasjɔ̃ spɔrtif]

體育社。

Tu as une association sympa-thique à me recommander?

[ty a ynasɔsjasjɔ̃ sɛ̃patik a mə rəkɔmɑ̃de]

你可以推薦我不錯的社團嗎？

 L'association de Tai-chi-chuan est pas mal.

[lasɔsjasjɔ̃ də Taichichuan ɛ pa mal]

太極拳社不錯。

▶ 社團活動名稱

le tir à l'arc	le baseball	le basketball
[lə tir a lark]	[lə bɛzbol]	[lə baskɛtbol]
射箭	棒球	籃球

le volleyball	le football	la boxe
[lə vɔlɛbol]	[lə futbol]	[la bɔks]
排球	足球	拳擊

le cyclisme	la course	le ski
[lə siklism]	[la kurs]	[lə ski]
自行車	賽跑	滑雪

la natation	le rugby	le tennis
[la natɑsjɔ̃]	[lə rygbi]	[lə tɛnis]
游泳	橄欖球	網球

l'aïkido	le judo	le karaté
[laikido]	[lə ʒydo]	[lə karate]
合氣道	柔道	空手道

le hockey
[lə ɔkɛ]
曲棍球

le hockey sur glace
[lə ɔkɛ syr glas]
冰球

l'équitation
[lekitasjɔ̃]
馬術

l'escrime
[lɛskrim]
擊劍

le golf
[lə gɔlf]
高爾夫

la plongée
[la plɔ̃ʒe]
潛水

la gymnastique
[la ʒimnastik]
體操

le ping-pong
[lə piŋpɔ̃g]
乒乓球／桌球

le badminton
[lə badmintɔn]
羽毛球

la photographie
[la fɔtografi]
攝影

le théâtre
[lə teatr]
戲劇

le roller
[lə rɔlœr]
滑輪

le skate
[lə skɛt]
滑板

la chorale
[la kɔral]
合唱團

la pom pom girl
[la pɔ̃ pɔ̃ gœrl]
啦啦隊隊員（女）

l'association étudiante
[lasɔsjasjɔ̃ etydjɑ̃t]
學生社團

Il commence à pleuvoir, mais je n'ai pas mon parapluie.

043

天氣

🪗 談論天氣

1. **Il semble qu'il va pleuvoir.**
   [il sãbl kil va pløvwar]

   好像要下雨了。

2. **Il tonne.**
   [il tɔn]

   打雷了。

3. **Il y a du vent.**
   [i li ja dy vã]

   刮風了。

4. **Le temps va changer.**
   [lə tã va ʃãʒe]

   要變天了。

5. **Il fait beau.**
   [il fɛ bo]

   天氣晴朗。

6. **Il y a des nuages.**
   [i li ja de nɥaʒ]

   有雲。

7. **Il pleut.**
   [il plø]

   下雨了。

8. **Il neige.**
   [il nɛʒ]

   下雪了。

9. **Il fait froid.**
   [il fɛ frwa]

   天冷。

10. **Il fait chaud.**
    [il fɛ ʃo]

    天熱。

會話

 Quel temps fait-il aujourd'hui?　　　今天天氣怎麼樣？
[kɛl tɑ̃ fɛ til oʒurdɥi]

Il fait beau.　　　天氣晴朗。
[il fɛ bo]

 單字充電站

▶▶ **天氣用語**

la pluie [la plɥi] 雨	**la neige** [la nɛʒ] 雪	**le vent** [lə vɑ̃] 風
le tonnerre [lə tɔnɛr] 雷	**la tempête** [la tɑ̃pɛt] 暴風雨	**l'orage** [loraʒ] 雷雨
l'éclair [leklɛr] 閃電	**le froid** [lə frwa] 寒冷	**la chaleur** [la ʃalœr] 炎熱
l'éclaircie [leklɛrsi] 短暫放晴	**frais, fraîche** [frɛ / frɛʃ] 涼爽的	

人生百態

🪗 談論某人

1. **C'est quelqu'un de drôle.**
   [sɛ kɛlkœ̃ də drol]

   他是個有趣的人。

2. **Il a une drôle d'allure.**
   [i la yn drol dalyr]

   他的樣子很有趣。

3. **Elle paraît sympathique.**
   [ɛl parɛ sɛ̃patik]

   我覺得她很討人喜歡。

4. **Il a l'air aimable.**
   [i la lɛr ɛmabl]

   他看起來很友善。

5. **Il n'est pas exigeant.**
   [il nɛ pa ɛgziʒɑ̃]

   他不苛刻。

6. **Il est difficile.**
   [i lɛ difisil]

   他不好相處。

7. **C'est un élève brillant.**
   [sɛ tœ̃ nelɛv brijɑ̃]

   這是一個很優秀的學生。

8. **C'est un type super!**
   [sɛ tœ̃ tip sypɛr]

   這是個很棒的人！

9. **Elle fait bonne impression.**
   [ɛl fɛ bɔn ɛ̃prɛsjɔ̃]

   她給人印象不錯。

10. **Elle porte des lunettes / lentilles.**
    [ɛl pɔrt dɛ lynɛt / lɑ̃tij]

    她戴眼鏡／隱形眼鏡。

會話

Elle est ravissante.

[ε lε ravisɑ̃t]

她很迷人。

C'est vrai. En plus, elle semble
sympathique.

[sε vrε ɑ̃ plys εl sɑ̃bl sɛ̃patik]

的確。而且她看起來
很討人喜歡。

 單字充電站

▶▶ **外表**

joli, e	beau/belle	adorable
[ʒɔli]	[bo / bεl]	[adɔrabl]
漂亮的	帥氣／美麗	迷人的，可愛的

charmant, e	blond, e	brun, e
[ʃarmɑ̃ (t)]	[blɔ̃(d)]	[brœ̃ (-yn)]
有魅力的	金頭髮的	褐色（黑色）頭髮的

roux, sse	barbu	chauve
[ru(s)]	[barby]	[ʃov]
紅棕色頭髮的	有大鬍子的	禿頭的

avoir les yeux bleus / marron / gris / verts / noirs

[avwar le zjø blø] [marɔ̃] [gri] [vεr] [nwar]

有藍色／棕色／灰色／綠色／黑色眼睛

▶▶ 身高體型

grand, e [grɑ̃ (d)] 高的	**petit, e** [pəti (t)] 矮的	**mince** [mɛ̃s] 苗條的
gros, se [gro (s)] 胖的	**maigre** [mɛgr] 瘦的	**fort, e** [fɔr (t)] 壯的

avoir un gros ventre
[avwar œ̃ gro vɑ̃tr]
有小腹的

▶▶ 年紀

jeune [ʒœn] 年輕的	**âgé, e** [ɑʒe] 年紀大的	**vieux, vieil, vieille** [vjø / vjɛj / vjɛj] 老的

paraître plus jeune que son âge
[parɛtr ply ʒœn kə sɔ̃ nɑʒ]
顯年輕

paraître plus âgé que son âge
[parɛtr ply zɑʒe kə sɔ̃ nɑʒ]
顯老

▶▶ 個性

drôle [drol] 滑稽的	**égoïste** [egɔist] 自私的	**sympathique** [sɛ̃patik] 討人喜歡的
timide [timid] 害羞的	**généreux, se** [ʒenerø (z)] 大度的，慷慨的	**têtu, e** [tɛty] 固執的
obstiné, e [ɔpstine] 頑固的	**réservé, e** [rezɛrve] 穩重的	**bizarre** [bizar] 奇怪的
discret, ète [diskrɛ (t)] 謹慎的	**indiscret, ète** [ɛ̃diskrɛ (t)] 冒失的	**ouvert, e** [uvɛr (t)] 開朗的
honnête [ɔnɛt] 誠實的	**franc, franche** [frɑ̃ (ʃ)] 坦率的	**brave** [brav] 勇敢的
changeant, e [ʃɑ̃ʒɑ̃ (t)] 多變的	**nerveux, se** [nɛrvø (z)] 緊張的	**agité, e** [aʒite] 煩躁的
taciturne [tasityrn] 沉默寡言的	**difficile** [difisil] 不易相處的	**rigoureux, se** [rigurø (z)] 嚴厲的
sérieux, se [serjø (z)] 嚴肅的	**avoir du cœur** [avwar dy kœr] 慷慨	**mou, mol, molle** [mu / mɔl / mɔl] 懦弱的

doux, ce	flexible
[du (s)]	[flɛksibl]
溫柔的	靈活的

avoir un caractère de cochon
[avwar œ̃ karaktɛr də kɔʃɔ̃]
性格不好

avoir un complexe d'infériorité / de supériorité
[avwar œ̃ kɔ̃plɛks dɛ̃ferjɔrite/ də syperjɔrite]
有自卑心理／有優越感

▶▶ 能力

doué, e	intelligent, e	avoir le sens des affaires
[dwe]	[ɛ̃teliʒɑ̃ (t)]	[avwar lə sɑ̃s de zafɛr]
有天賦的	聰明的	有生意頭腦

habile	lent, e	obtus, e
[abil]	[lɑ̃ (t)]	[ɔpty (z)]
敏捷	遲鈍	愚鈍的

rapide
[rapid]
迅速的

Partie 6

法國便利通

認識法國，規畫旅遊行程，
了解有關這個浪漫國度的一切，
隨時都可出發，說走就走！

On y va!

主要城市地鐵路線圖

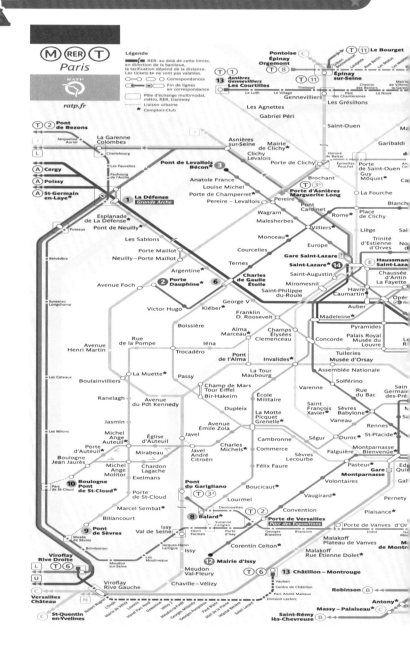

小巴黎地鐵／RER路線圖

❀ 地鐵路線圖僅供參考，
請以實際情況為主。(請參網址:http://www.ratp.fr/plans)

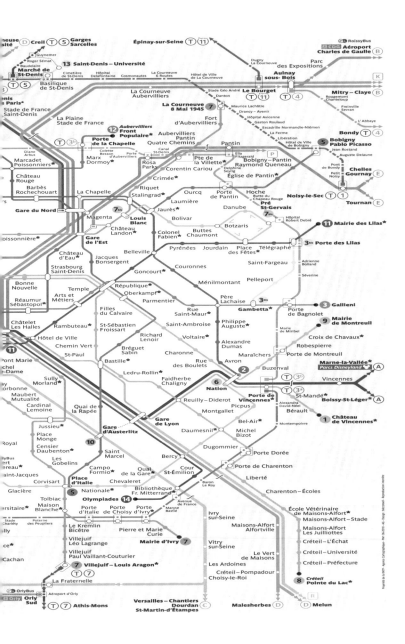

大巴黎地鐵╱RER路線圖

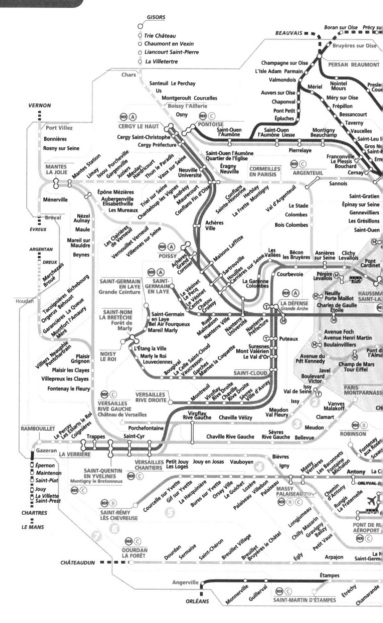

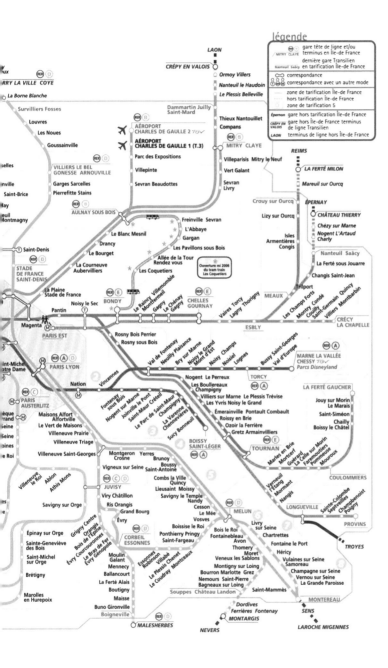

馬賽地鐵路線圖

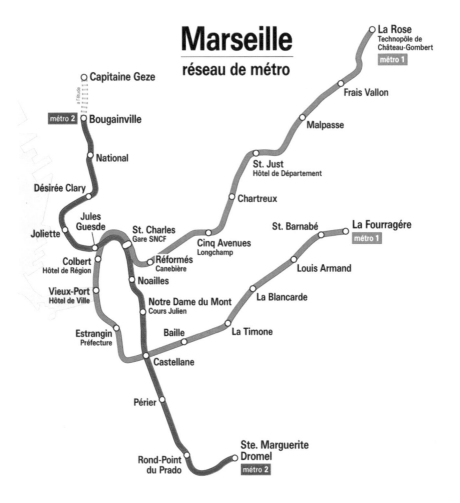

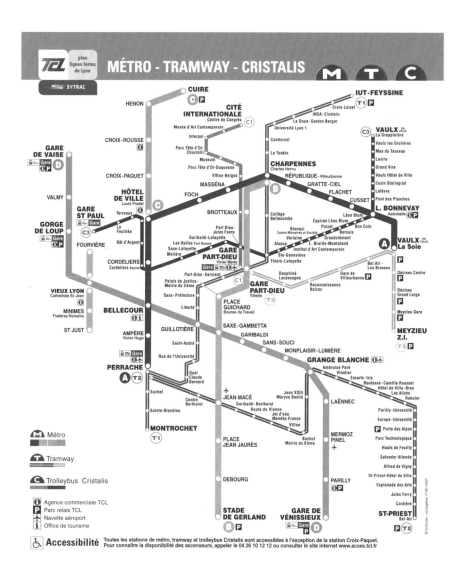

走訪法國各地旅遊景點

巴黎旅遊景點

la tour Eiffel
[la tur ɛfɛl]
艾菲爾鐵塔

Notre-Dame de Paris
[nɔtrədam də pari]
巴黎聖母院

le palais de Chaillot
[lə palɛ də ʃajo]
夏佑宮

l'hôtel des Invalides
[lɔtɛl de zɛ̃valid]
傷兵院

l'avenue des Champs Élysées
[lavny de ʃɑ̃zelize]
香榭麗舍大道

l'Arc de triomphe de l'Étoile
[lark də triɔ̃f də l'etwal]
凱旋門

la Grande Arche de la Défense
[la grɑ̃d arʃ də la defɑ̃s]
新凱旋門（拉芳德斯）

la place de la Concorde
[la plas də la kɔ̃kɔrd]
協和廣場

le Grand Palais et le Petit Palais
[lə grɑ̃ palɛ e lə pəti palɛ]
大皇宮和小皇宮

le palais de l'Élysée
[lə palɛ də lelize]
愛麗舍宮（總統府）

le palais du Louvre
[lə palɛ dy luvr]
羅浮宮

le Musée du Louvre
[lə myze dy luvr]
羅浮宮博物館

la Seine [la sɛn] 塞納河	le pont Alexandre III [lə pɔ̃ talɛksɑ̃dr trwa] 亞歷山大三世橋	le pont des Arts [lə pɔ̃ de zar] 藝術橋
le pont-neuf [lə pɔ̃ nœf] 新橋	l'Opéra [lɔpera] 歌劇院	l'église de la Madeleine [legliz də la madlɛn] 馬德蓮教堂
le musée d'Orsay [lə myze dorse] 奧塞美術館	Montmartre [mɔ̃martr] 蒙馬特	le château de Fontainebleau [lə ʃato də fɔ̃tɛnblo] 楓丹白露宮
le château de Versailles [lə ʃato də vɛrsaj] 凡爾賽宮	La basilique du Sacré-Cœur [la bazilik dy sakre-kœr] 聖心堂	le palais Bourbon [lə palɛ burbɔ̃] 波旁宮
le palais du Luxembourg [lə palɛ dy lyksɑ̃bur] 盧森堡宮	le jardin du Luxembourg [lə ʒardɛ̃ dy lyksɑ̃bur] 盧森堡公園	le jardin des Tuileries [lə ʒardɛ̃ de tɥilri] 杜樂麗花園
la Bastille [la bastij] 巴士底	l'hôtel de ville de Paris [lotɛl də vil də pari] 巴黎市政廳	

le Centre national d'art et de culture Georges-Pompidou
[lə sɑ̃tr nasjɔnal dar e də kyltyr ʒɔrʒ pɔ̃pidu]
龐畢度中心

la Cité des sciences et de l'industrie
[la site de sjɑ̃s e de lɛ̃dystri]
法國科學工業城

la tour Montparnasse
[la tur mɔ̃parnas]
蒙帕那斯大廈

la Maison de Victor Hugo
[la mɛzɔ̃ de viktor ygo]
雨果故居

la Maison de Balzac
[la mɛzɔ̃ de balzak]
巴爾札克故居

la Sorbonne
[la sɔrbɔn]
索邦大學

le Panthéon
[le pɑ̃teɔ̃]
萬神殿（先賢祠）

le Collège de France
[le kɔlɛʒ de frɑ̃s]
法蘭西學院

Disneyland Paris
[dizniland pari]
巴黎迪士尼樂園

le Moulin rouge
[le mulɛ̃ ruʒ]
紅磨坊

Marché aux puces de Saint-Ouen
[marʃe o pys de sɛ̃ twɛ̃]
聖旺跳蚤市場

🌿 外省主要旅遊城市、景點與節日

Rocamadour (Lot)
[rɔkamadur (lɔt)]
羅卡馬杜（洛特省）

le marché de Noël de Strasbourg (Bas-Rhin)
[le marʃe de nɔel de strazbur (ba rɛ̃)]
史特拉斯堡聖誕市場集（下萊茵省）

Ville de Nice (Alpes-Maritimes)
[vil de nis (alp maritim)]
尼斯（阿爾卑斯濱海省）

le mont Saint-Michel (Manche)
[le mɔ̃ sɛ̃ miʃel (mɑ̃ʃ)]
聖米榭爾山（芒什省）

Carcassonne (Aude)
[karkasɔn (od)]
卡爾卡松（奧德省）

Les Baux de Provence (Bouches-du-Rhône)
[le bo də prɔvas (buʃ dy rɔn)]
萊波德普羅旺斯（羅納河口省）

Les Jardins Botaniques Borély de Marseille (Bouches-du-Rhône)
[le ʒardɛ̃ bɔtanik bɔreli də marsɛj (buʃ dy rɔn)]
馬賽波萊利公園（羅納河口省）

Village de Riquewihr (Haut-Rhin)
[vilaʒ də rikwir (o rɛ̃)]
里克維爾（上萊茵省）

Ville de Nancy (Meurthe-et-Moselle)
[vil də nɑ̃si (mœrt e mɔsɛl)]
南錫（默爾特一摩澤爾省）

Centre de Nantes (Loire-Atlantique)
[sɑ̃tr də nɑ̃t (lwar atlɑ̃tik)]
南特市中心（大西洋羅亞爾省）

Rempart de Saint-Malo (Ille-et-Vilaine)
[rɑ̃par də sɛ̃ malo (il e vilɛn)]
聖馬婁城牆（伊勒一維萊納省）

Cathédrale Notre-Dame de Reims (Marne)
[katedral nɔtrədam də rɛ̃s (marn)]
蘭斯大教堂（馬恩）

Cathédrale Notre-Dame de Chartres (Eure-et-Loir)
[katedral nɔtrədam də ʃartr (œr e lwar)]
夏特爾大教堂（厄爾一羅亞爾省）

Le Puy du Fou (Vendée)
[lə pɥi dy fu (vɑ̃de)]
瘋狂夢想一狂人國（旺代省）

Le Parc zoologique de Lille (Nord)
[lə park zɔɔlɔʒik də lil (nɔr)]
里耳動物園（北部省）

La pointe du Raz (Finistère)
[la pwɛ̃t dy rɑ (finistɛr)]
拉茲角（菲尼斯泰爾省）

le lac de Sainte-Croix (Var /Alpes-de-Haute-Provence)
[lə lak də sɛ̃t krwa (var / alp də ot prɔvɑ̃s)]
聖十字湖（瓦爾／上普羅旺斯阿爾卑斯省）

les gorges du Verdon (Var/Alpes-de-Haute-Provence)
[le gɔrʒ dy vɛrdɔ̃ (var / alp də ot prɔvɑ̃s)]
韋爾東峽谷（瓦爾／上普羅旺斯阿爾卑斯省）

Armada de Rouen (Seine-Maritime)
[armada də rwɛ̃ (sɛn maritim)]
盧昂帆船節（濱海塞納省）

le carnaval de Nice (Alpes-Maritimes)
[lə karnaval də nis (alp maritim)]
尼斯嘉年華（阿爾卑斯濱海省）

la fête du fleuve de Bordeaux (Gironde)
[la fɛt dy flœv də bɔrdo (ʒirɔ̃d)]
波爾多河流節（吉倫特省）

la fête du vin de Bordeaux (Gironde)
[la fɛt dy vɛ̃ də bɔrdo (ʒirɔ̃d)]
波爾多葡萄酒節（吉倫特省）

la fête des Lumières de Lyon (Rhône)
[la fɛt de lymjɛr də ljɔ̃ (rɔn)]
里昂光明節（羅納省）

la braderie de Lille (Nord)
[la bradri də lil (nɔr)]
里耳年度跳蚤市場（北部省）

巴黎名店瀏覽

🌿 百貨公司／購物中心

> ### les Galeries Lafayette Haussmann
> [le galri lafajɛt osman]
> 奧斯曼老佛爺百貨公司（拉法葉百貨公司）

> ### Printemps Haussmann
> [prɛ̃tɑ̃ osman]
> 春天百貨奧斯曼總店

> ### la Vallée Village
> [la vale vilaʒ]
> 河谷購物村

> ### la Grande Épicerie de Paris
> [la grɑ̃d episri də pari]
> 巴黎大食鋪

> ### Passage du Havre
> [pasaʒ dy avr]
> 阿弗爾拱廊街

> ### Les Quatre Temps
> [le katr tɑ̃]
> 四季購物中心

> ### Bercy Village
> [bɛrsi vilaʒ]
> 貝西購物村

> ### Boutiques Duty-free de l'aéroport de Paris
> [butik dyti fri də laeropɔr də pari]
> 巴黎機場免稅店

> ### Boutiques du palais des congrès
> [butik dy palɛ de kɔ̃grɛ]
> 國民議會大廈商場

Carrousel du Louvre
[karuzɛl dy luvr]
羅浮宮卡魯塞勒拱廊街

Forum des Halles
[fɔrɔm de zal]
市集廣場

Galerie marchande des Champs-Élysées
[galri marʃɑ̃d de ʃɑ̃zelize]
香榭麗舍購物中心

Tour Maine Montparnasse
[tur mɛn mɔ̃parnas]
蒙帕那斯購物中心

Val d'Europe
[val dørɔp]
歐洲谷購物村

Hammerson Centre Commercial Italie
[ɛmœrsɔn sɑ̃tr kɔmɛrsjal itali]
阿麥松義大利廣場購物中心

連鎖書店

FNAC
[ɛfɛnase]
法雅客

Gibert Joseph
[ʒibɛr ʒɔzɛf]
吉貝爾・約瑟夫連鎖書店

Gibert Jeune
[ʒibɛr ʒœn]
吉貝爾青年書店

Librairie de Paris
[librɛri də pari]
巴黎連鎖書店

Boulinier
[bulinje]
布里尼埃書店

🌿 飯店／連鎖速食店

McDonald
[mekdɔnad]
麥當勞

KFC
[kaɛfse]
肯德基

Buffalo Grill
[byfalo gril]
水牛燒烤餐廳

Pizza Hut
[pidza hœt]
必勝客

Fuxia
[fyksja]
義大利餐廳

🌿 咖啡品牌

Carte Noire
[kart nwar]
黑卡

Maison du Café
[mɛzõ dy kafe]
咖啡之家

Legal
[legal]
樂家

Nespresso
[nɛspreso]
雀巢

🌿 超市／麵包店

Leclerc
[ləklɛr]
勒克萊克大賣場

Carrefour
[karfur]
家樂福大賣場

Auchan
[oʃã]
歐尚大賣場

Monoprix
[mɔnɔpri]
不二價超市

Franprix
[frãpri]
便利超市

Casino
[kazino]
凱西諾超市

Géant [ʒeɑ̃] 巨人超市	**Champion** [ʃɑ̃pjɔ̃] 冠軍超市	**Leroy Merlin** [lərwa mɛrlɛ̃] 樂華梅蘭
Marionnaud [marjono] 瑪麗諾化妝品店	**Boulanger** [bulɑ̃ʒe] 家電商場	**Lidl** [lidl] 利德超市
DARTY [darti] 家電商場	**Sephora** [sefɔra] 絲芙蘭化妝品店	**Etam** [etɑ̃] 艾格服飾
Ladurée [ladyre] 拉杜麗甜品店	**Le Grenier à Pain** [lə grənje a pɛ̃] 麵包籃麵包房	**Maison Landemaine** [mɛzɔ̃ lɑ̃dmɛn] 朗德曼麵包房

法國行政區

▶▶ 13大區

⑦ 上法蘭西
Hauts-de-France

⑩ 諾曼第
Normandie

⑧ 法蘭西島
Ile-de-France

① 大東部
Alsace-Champagne-
Ardenne-Lorraine

④ 布列塔尼
Bretagne

⑫ 羅亞爾河
Pays de la Loire

⑤ 中央-羅亞爾河谷
Centre-Val de Loire

③ 勃艮第-弗朗什-孔泰
Bourgogne-Franche-Comté

⑪ 新阿基坦
Nouvelle-Aquitaine

② 奧弗涅-羅納-阿爾卑斯
Auvergne-Rhône-Alpes

⑨ 奧克西塔尼
Languedoc-
Roussillon-Midi-Pyréné es

⑬ 普羅旺斯
阿爾卑斯-蔚藍海岸
Provence-Alpes-Côte d'Azur

⑥ 科西嘉
Corse

大區

01
Grand Est
[grãtɛst]
大東部

02
Auvergne-Rhône-Alpes
[ovɛrɲronalp]
奧弗涅—羅納—阿爾卑斯

03
Bourgogne-Franche-Comté
[burgɔɲfrãʃkõte]
勃艮第—弗朗什—孔泰

04
Bretagne
[brətaɲ]
布列塔尼

05
Centre-Val de Loire
[sãtrvaldəlwaʁ]
中央—羅亞爾河谷

06
Corse
[kɔrs]
科西嘉

07
Hauts-de-France
[od(ə)frãs]
上法蘭西

08
Île-de-France
[ildəfrãs]
法蘭西島

09
Occitanie
[ɔksitani]
奧克西塔尼

10
Normandie
[nɔrmədi]
諾曼第

11
Nouvelle-Aquitaine
[nuvɛlakitɛn]
新阿基坦

12
Pays de la Loire
[pei də la lwar]
羅亞爾河

13
Provence-Alpes-Côte d'Azur
[prɔvãsalpkotdazyr]
普羅旺斯—阿爾卑斯—蔚藍海岸

🌿 海外大區／省

971
Guadeloupe
[gwadəlup]
瓜德羅普

973
Guyane
[gᶣijan]
法屬圭亞那

974
La Réunion
[la reynjɔ̃]
留尼旺

972
Martinique
[martinik]
馬提尼克

976
Mayotte
[majɔt]
馬約特

▶▶101省

🌿 法國省份

▶▶ 大東部（Grand Est）

08

Ardennes
[ardɛn]
阿登省

10

Aube
[ob]
奧布省

51

Marne
[marn]
馬恩省

52

Haute-Marne
[otmarn]
上馬恩省

54

Meurthe-et-Moselle
[mœrtemozɛl]
默爾特一摩澤爾省

55

Meuse
[møz]
默茲省

57

Moselle
[mozɛl]
摩澤爾省

67

Bas-Rhin
[barɛ̃]
下萊茵省

68

Haut-Rhin
[orɛ̃]
上萊茵省

88

Vosges
[voʒ]
孚日省

▶▶ 奧弗涅一羅納一阿爾卑斯（Auvergne-Rhône-Alpes）

01
Ain
[ɛ̃]
安省

03
Allier
[alje]
阿列省

07
Ardèche
[ardɛʃ]
阿爾代什省

15
Cantal
[kɑ̃tal]
康塔爾省

26
Drôme
[drom]
德龍省

38
Isère
[izɛr]
伊澤爾省

42
Loire
[lwar]
羅亞爾省

43
Haute-Loire
[otlwar]
上羅亞爾省

63
Puy-de-Dôme
[pɥi də dom]
多姆山省

69D
Rhône
[ron]
羅納省

69M
Métropole de Lyon
[metrɔpɔl də lijɔ̃]
里昂大都會

73
Savoie
[savwa]
薩瓦省

74
Haute-Savoie
[otsavwa]
上薩瓦省

▶▶ 勃艮第一弗朗什一孔泰（Bourgogne-Franche-Comté）

21
Côte-d'Or
[kotdɔr]
科多爾省

25
Doubs
[du]
杜省

39
Jura
[ʒyra]
汝拉省

58
Nièvre
[njɛvrə]
涅夫勒省

70
Haute-Saône
[otson]
上索恩省

71
Saône-et-Loire
[sonelwar]
索恩一羅亞爾省

89
Yonne
[jɔn]
約納省

90
Territoire-de-Belfort
[tɛritwardəbɛlfɔr]
貝爾福地區

▶▶布列塔尼（Bretagne）

22
Côtes-d'Armor
[kot-darmɔr]
阿摩爾濱海省

29
Finistère
[finistɛr]
菲尼斯泰爾省

35
Ille-et-Vilaine
[ilevilɛn]
伊勒一維萊納省

56

Morbihan
[mɔrbiã]
莫爾比昂省

▶▶ 中央一羅亞爾河谷（Centre-Val de Loire）

18

Cher
[ʃɛr]
謝爾省

28

Eure-et-Loir
[œrelwar]
厄爾一羅亞爾省

36

Indre
[ɛ̃dr]
安德爾省

37

Indre-et-Loire
[ɛ̃drelwar]
安德爾一羅亞爾省

41

Loir-et-Cher
[lwareʃɛr]
羅亞爾一謝爾省

45

Loire
[lwar]
羅亞爾省

▶▶ 科西嘉（Corse）

2A

Corse-du-Sud
[kɔrsdysyd]
南科西嘉

2B

Haute-Corse
[otkɔrs]
上科西嘉

▶▶ 上法蘭西（Hauts-de-France）

02
Aisne
[ɛn]
埃納省

59
Nord
[nɔr]
北部省

60
Oise
[waz]
瓦茲省

62
Pas-de-Calais
[padkalɛ]
加萊海峽省

80
Somme
[sɔm]
索姆省

▶▶ 法蘭西島（Île-de-France）

75
Paris
[pari]
巴黎省

77
Seine-et-Marne
[sɛnemarn]
塞納—馬恩省

78
Yvelines
[ivlin]
伊夫林省

91
Essonne
[ɛsɔn]
埃松省

92
Hauts-de-Seine
[odəsɛn]
上塞納省

93
Seine-Saint-Denis
[sɛnsɛ̃dəni]
塞納—聖但尼省

94
Val-de-Marne
[valdəwarn]
瓦勒德馬恩省

95
Val-d'Oise
[valdwaz]
瓦勒德瓦茲省

▶▶ 奧克西塔尼（Occitanie）

09
Ariège
[arjɛz]
阿列日省

11
Aude
[od]
奧德省

12
Aveyron
[averõ]
阿韋龍省

30
Gard
[gar]
加爾省

31
Haute-Garonne
[otgarɔn]
上加龍省

32
Gers
[ʒɛrs]
熱爾省

34
Hérault
[ero]
埃羅省

46
Lot
[lɔt]
洛特省

48
Lozère
[lɔzɛr]
洛澤爾省

65
Hautes-Pyrénées
[otpirene]
上庇里牛斯省

66
Pyrénées-Orientales
[pireneɔrjãtal]
東庇里牛斯省

81
Tarn
[tarn]
塔恩省

82
Tarn-et-Garonne
[tarnegarɔn]
塔恩─加龍省

▶▶ 諾曼第（Normandie）

14
Calvados
[kalvados]
卡爾瓦多斯省

27
Eure
[œr]
厄爾省

50
Manche
[mãʃ]
芒什省

76
Seine-Maritime
[sɛnwaritim]
濱海塞納省

▶▶ 新阿基坦（Nouvelle-Aquitaine）

16
Charente
[sarãt]
夏朗德省

17
Charente-Maritime
[sarãtmaritim]
濱海夏朗德省

19
Corrèze
[kɔrɛz]
科雷茲省

23
Creuse
[krøz]
克勒茲省

24
Dordogne
[dɔrdɔɲ]
多爾多涅省

33
Gironde
[ʒirõd]
吉倫特省

47

Lot-et-Garonne
[lɔtegarɔn]
洛特—加龍省

64

Pyrénées-Atlantiques
[pirenez-atlɑ̃tik]
庇里牛斯—大西洋省

79

Deux-Sèvres
[døsɛvr]
德塞夫勒省

86

Vienne
[vjɛn]
維埃納省

87

Haute-Vienne
[otvjɛn]
上維埃納省

▶▶ **羅亞爾河**（Pays de la Loire）

44

Loire-Atlantique
[lwaratlɑ̃tik]
大西洋羅亞爾省

49

Maine-et-Loire
[mɛnelwar]
曼恩—羅亞爾省

53

Mayenne
[majɛn]
馬耶納省

72

Sarthe
[sart]
薩爾特省

85

Vendée
[vɑ̃de]
旺代省

▶▶ 普羅旺斯－阿爾卑斯－蔚藍海岸
（Provence-Alpes-Côte d'Azur）

04

Alpes-de-Haute-Provence
[alpdəotprɔvɑ̃s]
上普羅旺斯阿爾卑斯省

05

Hautes-Alpes
[otalp]
上阿爾卑斯省

06

Alpes-Maritimes
[alpmaritim]
阿爾卑斯濱海省

13

Bouches-du-Rhône
[buʃdyron]
羅納河口省

83

Var
[var]
瓦爾省

84

Vaucluse
[voklyz]
沃克呂茲省

法國主要城市

🌾 法國百大城市

01

Paris
[pari]
巴黎

02

Marseille
[marsɛj]
馬賽

03

Lyon
[ljɔ̃]
里昂

04

Toulouse
[tuluz]
土魯斯

05

Nice
[nis]
尼斯

06

Nantes
[nɑ̃t]
南特

07

Strasbourg
[strasbur]
史特拉斯堡

08

Montpellier
[mɔ̃pəlje]
蒙彼利埃

09

Bordeaux
[bɔrdo]
波爾多

10

Lille
[lil]
里耳

11

Rennes
[rɛn]
雷恩

12

Reims
[rɛ̃s]
蘭斯

13

Le Havre
[lə avr]
勒阿弗爾

14

Saint-Étienne
[sɛ̃tetjɛn]
聖艾蒂安

15

Toulon
[tulɔ̃]
土倫

16
Grenoble
[grənɔbl]
格勒諾布爾

17
Angers
[ɑ̃ʒe]
昂熱

18
Dijon
[diʒɔ̃]
第戎

19
Brest
[brɛst]
布雷斯特

20
Le Mans
[lə mɑ̃]
勒芒

21
Nîmes
[nim]
尼姆

22
Aix-en-Provence
[ɛksɑ̃prɔvɑ̃s]
普羅旺斯地區艾克斯

23
Clermont-Ferrand
[klɛrmɔ̃ferɑ̃]
克萊蒙費朗

24
Tours
[tur]
圖爾

25
Amiens
[armjɛ̃]
亞眠

26
Limoges
[limɔʒ]
利摩日

27
Villeurbanne
[vijœrban]
維勒班

28
Metz
[mɛs]
梅斯

29
Besançon
[bəzɑ̃sɔ̃]
貝桑松

30
Perpignan
[pɛrpiɲɑ̃]
佩皮尼昂

31	32	33
Orléans [ɔrleɑ̃] 奧爾良	**Caen** [kɑ̃] 卡昂	**Mulhouse** [myluz] 米盧斯

34	35	36
Boulogne-Billancourt [bulɔɲbijɑ̃kur] 布洛涅一比揚古	**Rouen** [rwɑ̃] 盧昂	**Nancy** [nɑ̃si] 南錫

37	38	39
Argenteuil [arʒɑ̃tœj] 阿讓特伊	**Montreuil** [mɔ̃trœj] 蒙特勒伊	**Saint-Denis** [sɛdəni] 聖但尼

40	41	42
Roubaix [rubɛ] 魯貝	**Avignon** [aviɲɔ̃] 亞維農	**Tourcoing** [turkwɛ̃] 圖爾寬

43	44	45
Poitiers [pwatje] 普瓦捷	**Nanterre** [nɑ̃tɛr] 楠泰爾	**Créteil** [kretɛj] 克雷泰伊

46

Versailles
[vrɛsaj]
凡爾賽

47

Pau
[po]
波城

48

Courbevoie
[kurbəvwa]
庫爾貝瓦

49

Vitry-sur-Seine
[vitrisyrsɛn]
塞納河畔維特里

50

Asnières-sur-Seine
[anjɛrsyrsɛn]
塞納河畔阿涅勒

51

Colombes
[kɔlɔ̃b]
柯倫布（白鴿城）

52

Aulnay-sous-Bois
[onɛsubwa]
奧奈叢林

53

La Rochelle
[la rɔʃɛl]
拉羅謝爾

54

Rueil-Malmaison
[rɥɛjmalmɛzɔ̃]
呂埃爾—馬爾邁松

55

Antibes
[ɑ̃tib]
昂蒂布

56

Saint-Maur-des-Fossés
[sɛ̃mordɛfose]
聖莫爾—德福塞

57

Calais
[kalɛ]
加萊

58

Champigny-sur-Marne
[ʃɑ̃piɲisyrmarn]
馬恩河畔尚皮尼

59

Aubervilliers
[obɛrvilje]
歐貝維利耶

60

Béziers
[bezje]
貝濟耶

61

Bourges
[burʒ]
布爾日

62

Cannes
[kan]
坎城

63

Saint-Nazaire
[sɛ̃nazɛr]
聖納澤爾

64

Dunkerque
[dœkɛrk]
敦克爾克

65

Quimper
[kɛ̃pɛr]
坎佩爾

66

Valence
[valɑ̃s]
瓦朗斯

67

Colmar
[kɔlmar]
科爾馬

68

Drancy
[drɑ̃si]
達朗西

69

Mérignac
[meriɲak]
莫里尼亞

70

Ajaccio
[aʒaksjo]
阿雅克肖

71

Levallois-Perret
[ləvalwapɛrɛ]
勒瓦盧瓦一佩雷

72

Troyes
[trwa]
特魯瓦

73

Neuilly-sur-Seine
[nøjisyrsɛn]
塞納河畔納伊

74

Issy-les-Moulineaux
[isilɛmulino]
伊西萊穆利諾

75

Villeneuve-d'Ascq
[vilnœvdask]
阿斯克新城

76

Noisy-le-Grand
[nwaziləgrɑ̃]
大諾瓦西

77

Antony
[ɑ̃tɔ̃ni]
安東尼

78

Niort
[njɔr]
尼奧爾

79

Lorient
[lɔrjɑ̃]
洛里昂

80

Sarcelles
[sarsɛl]
薩爾塞勒

81

Chambéry
[ʃɑ̃beri]
尚貝里

82

Saint-Quentin
[sɛ̃kɑ̃tɛ̃]
聖康坦

83

Pessac
[pesak]
佩薩克

84

Vénissieux
[venisiœ]
韋尼雪

85

Cergy
[sɛrʒi]
塞日

86

La Seyne-sur-Mer
[la sɛnsyrmɛr]
濱海拉塞納

87

Clichy
[kliʃi]
克利希

88

Beauvais
[bovɛ]
博韋

89

Cholet
[ʃɔlɛ]
紹萊

90

Hyères
[jɛr]
伊埃雷

91

Ivry-sur-Seine
[ivrisyrsɛn]
塞納河畔伊夫里

92

Montauban
[mõrobɑ̃]
蒙托邦

93

Vannes
[van]
瓦納

94

La Roche-
sur-Yon
[larɔʃsyrjõ]
永河畔拉羅什

95

Charleville-
Mézières
[ʃarləvilmezjɛr]
沙勒維爾一梅濟耶爾

96

Pantin
[pɑ̃tɛ̃]
龐坦

97

Laval
[laval]
拉瓦勒

98

Maisons-Alfort
[mɛzõalfɔr]
邁松阿爾福

99

Bondy
[bõdi]
邦迪

100

Évry
[evri]
埃夫里

Mémo 🪗

Mémo 🪗

初學者開口說法語/王圓圓, DT企劃著. -- 二版. -- 臺北市：
笛藤出版, 2021.10
　面；　公分
ISBN 978-957-710-836-4(平裝)

1.法語 2.讀本

804.58　　　　　　　　　　　110017204

初學者開口
說法語

◆法式情境襯樂◆
**法中對照音檔
QR Code**

2023年7月17日　二版第2刷　定價400元

作　　　者	王圓圓、DT企劃
編　　　輯	林子鈺、袁若喬
編 輯 協 力	Jérôme Berlingin、游沂凡
內 頁 設 計	菩薩蠻數位文化有限公司
封 面 設 計	王舒玕
總 編 輯	洪季楨
編 輯 企 劃	笛藤出版
發 行 人	林建仲
發 行 所	八方出版股份有限公司
地　　　址	台北市中山區長安東路二段171號3樓3室
電　　　話	(02) 2777-3682
傳　　　真	(02) 2777-3672
總 經 銷	聯合發行股份有限公司
地　　　址	新北市新店區寶橋路235巷6弄6號2樓
電　　　話	(02) 2917-8022 · (02) 2917-8042
製 版 廠	造極彩色印刷製版股份有限公司
地　　　址	新北市中和區中山路二段380巷7號1樓
電　　　話	(02) 2240-0333 · (02) 2248-3904
印 刷 廠	皇甫彩藝印刷股份有限公司
地　　　址	新北市中和區中正路988巷10號
電　　　話	(02) 3234-5871
郵 撥 帳 戶	八方出版股份有限公司
郵 撥 帳 號	19809050